"爱情是两个人的分享！所以你的，亦是我的！"
"爱情是场抢夺战！所以我的还是我的，你走开！"

这里的爱情世界是蓝色的。

金色的阳光洒在他们身上，

清澈的蓝色似乎染上了一层光晕。

金秀真＋姜英尚＝力量
金秀真－姜英尚＝悲伤
金秀真×姜英尚＝爱情
金秀真／姜英尚＝死去

미남 사냥하는 천사단
天使の狩猎美男
[韩]金艺风◆著　金哲◆译
重庆出版集团
重庆出版社

图书在版编目（CIP）数据

天使团狩猎美男 / 金艺风著. －重庆：重庆出版社，2006.12
ISBN 7－5366－8212－3

I.天… I.金… III.长篇小说－中国－当代
IV.I247.5

中国版本图书馆 CIP 数据核字（2006）第 126724 号

天使团狩猎美男
TIANSHITUAN SHOULIE MEINAN
金艺风 著

出 版 人：罗小卫
策　　划：广东宏图华章
责任编辑：温远才 代媛媛
责任校对：李文婷
装帧设计：TINMAN 铁皮人美术有限公司
封面绘图：凌　璐
插　　图：吴昊天

重庆出版集团
重庆出版社 出版

重庆长江二路 205 号 邮政编码：400016 http：//www.cqph.com
江苏昆山市亭林印刷有限责任公司制版印刷
重庆出版集团图书发行有限公司发行
E-MAIL：fxchu@ cqph.com 邮购电话：023-68809452
全国新华书店经销

开本：710 × 1000 1/16 印张：13 字数：118 千字
2006 年 12 月第 1 版 2006 年 12 月第 1 次印刷
定价：20.00 元

如有印装质量问题，请向本集团图书发行有限公司调换：023-68809955 转 8005

目录

目录

起　端

小女孩一拳狠狠地落在小男孩的肚子上，小男孩痛呜一声，脸色发青，捂着肚子无力地跌倒在地。-_-

“^v^哈哈！”小女孩穿着可爱的蕾丝裙，头扎花辫子，还配上几个别致的装饰。两手抱胸，一脚极不淑雅地踩着椅子，一脚却是踩在小男孩的PP上，不断地往下施加压力。“哼，看你以后还敢不敢欺负女孩子？！”

小男孩咬牙切齿地想挣扎着站起来，. \\/. 无奈敌不过背上传来的阵阵痛楚。

“快向我的姐妹们道歉！”小女孩玉指一挥，指着前方几个年龄相仿的小女孩道。被指着的几个女孩怯怯地缩了缩头。=^_^=

“哼！T_T”小男孩紧咬着双唇，倔强地把头别过一边。

小女孩蹙了一下娥眉 T^T，深呼吸，抬脚，然后使劲地往男孩PP上一踹：“不说是吗？看我怎么踹S你。”^^v

“>o<停手！”

夕阳余晖下出现了三个不知从哪里冒出来的矮小人影。⊙　⊙

“ˋ(*>﹏<*)′ 我们是以真理和正义维护世界和平的彩虹战士！(-_-)”三个稚嫩的男声响起，分别说道：

“我是红战士6_6毅天。”

“我是黑战士6 _ 6 正勋。”

“我是蓝战士6_6达夫。”

“╰_╯ TMD，都什么时候啦，你们还摆POSE！”趴在地上的小男孩气得直想跳起来踹他们，“快HELP ME！::>_<::”

“尚！（⊙o⊙）”毅天走到依然趴在地上动弹不得，名唤尚的小男孩面前，无奈地摊摊手：“我已经叫她停手了，是她不停，我也没办法。”—_—#

姜英尚气煞了俊颜。@x@

小女孩扬了扬下巴，啐道：“我是用脚，又不是用手。再说我又不是你的狗，— —+你叫我停我就要停啊？”:p

“哗~~O~~这女的够跩！”毅天嘟起嘴吹了一声口哨，转头对着后面两个小男孩大喊，“兄弟们上└(^o^)┘，咱们给她点颜色看看！”

接着，三个小男孩齐刷刷地扑向小女孩，噼里啪啦一阵无情的巨响后，地上多出了三个翘得高高的PP。~~>_<~~

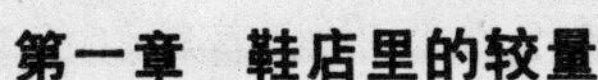

第一章　鞋店里的较量

8月31日，开学前的一天。\^o^/

崭新的日子、崭新的校园、崭新的生活，金秀真决定买一双崭新的鞋慰劳自己。要是平时，有人听说在鞋底还没穿破的情况下，金秀真就买新鞋这等头条，走着的人铁定会摔倒，躺着的人则会被震飞起来。{{{(>_<)}}}这可不，对于金秀真来说，鞋就是她的第二张脸，女孩子嘛…`(*^__^*)′…谁不喜欢把自己的脸打扮得漂漂亮亮的呢？而且她有预感，在新的一年里会发生一些令她意想不到的事，也正是因为如此，她一向买鞋都会压重本，即使她真的很穷。Q_Q

温和的暖风缓缓拂过，金秀真骑着她的二手贵族车穿梭在大街小巷。经过一番严格的筛选后，终于有一间鞋店脱颖而出。

趴在透明的玻璃橱窗上，金秀真不住地往里瞧。这间鞋店还真气派，她暗想，价格铁定不菲。

掂了掂自己瘦得让人掬一把同情泪的荷包\(╯-╰)/，她叹了一口气，转身打算潇洒地离去，但没走几步又忍不住折了回来。走走停停，停停走走，犹豫再三，她在店门口徘徊着，引起了里面店员的侧目→_→，害她不得不红着脸走了进去。^_^|||

ˋ(＊∩_∩＊)ˊ“欢迎光临！”两位穿着粉红色套装的小姐拉开了门，她们像日本人一样毕恭毕敬地弯下腰。

“小姐，是要买鞋吧？请往这边走。”其中一个小粉红面带微笑，往前站了一步，朝金秀真做了一个请的手势。∩__∩y

金秀真点点头，由她领着到了一个鞋柜前。

小粉红甜美的嗓音响起：“这些是我们新进的货，都是现在比较时髦的款式。”=^_^=

金秀真最先看到的是那些鞋底下标记着的炫目数字，什么叫做触目惊心，她今天算是亲身体会到了。…(⊙_⊙;)…

“这里每一款鞋都是由名师设计的，品种很多，耐用又实惠……用来搭配衣服是最好不过了，会显得一个人落落大方又充满朝气…(^_^)…”小粉红开始滔滔不绝地介绍。

实惠？(ˇ︿ˇ)金秀真皱眉，实在不敢恭维。她仔细地浏览了一番，鞋柜上陈列着款式多样的鞋，让人看得眼花缭乱。她嗅了一下，鞋子还散发着一阵阵的馨香呢。＊o＊

有那么一张香喷喷的“脸”穿在脚丫子上，好像也蛮不错嘛。金秀真喜滋滋地幻想着，不过说来也奇怪，为什么人的第二张脸会长在那种地方啊……—_—b

忽地，她双眸一闪，视线定格在正前方一双以蓝色为底，白黄色交错，用纽扣代替了以往的拉链和鞋带的球鞋。

不错，不错。金秀真喜爱极了，＊^◎^＊情不自禁地伸出手，想要拿过来仔细看看。不料，球鞋就在此时腾空而起，落到了另一个人的手里。

金秀真怔了一下，略抬高眼。很高，很帅！这是她对眼前人的第一印象。#^_^#

“我就要这双。”姜英尚把鞋塞到后面的另一个小粉红手上。

即使他再高再帅，也不能够跟她抢“脸”。 >_<#

“喂，(｀︿´)帅哥，那鞋是我先看到的。”金秀真在一旁不满地叫道。

“你的？= =+”姜英尚轻挑嘴角，这时才注意到金秀真的存在。“你凭什么说是你先看到的？难道你的眼睛还会说话不成？”笑意更深，嘲弄的意味很浓。~~~^_^~~~

金秀真握了握拳，压下满腔怒火。是谁说过长得帅的人绝大多数都心高气傲，自以为是的？真TMD说得太对了！M（_ _）M

“看清楚，^o^那是女装鞋来的。”金秀真两手叉腰，扬高下巴嚷道。

“喔，是吗？”姜英尚抿了一下嘴，从身后的小粉红手上夺过鞋，佯装认真地左右翻看，@_@还故意拿到金秀真跟前晃来晃去。

金秀真手痒得直想扑上前一把揪住他的领子用力晃个够，再使劲甩出去，但是她没有那么做，只是脚指头动了两下。T^T

跟在她身后的小粉红不识时务地插嘴道：“那鞋男女都能穿的。”

锐光一扫，小粉红怯怯地缩回头，闭嘴不语。

虽然姜英尚什么也没说，但是金秀真看到了，看到那些轻飘飘的得意在他眼里飞。

吸气，再呼气，金秀真咬牙道：“（＞﹏＜）我并不希望和你争吵，但，我现在郑重地向你声明，这张‘脸’，不，是鞋。我要定了！”

“我不！”简单的两个字，清晰而好听的音韵，让金秀真当场抓狂。

好，很好。今天她和他是干上了。（*+﹏+*）~

两位小粉红急了，忙说道：“两位客人，其实我们店里还有很多新颖的款式可供选择，倒不如…:::＞_＜:::…”她们的顾客，损失了谁对她们都没好处。

“T^T 我只要这双！”

“＞o＜我就要这双！”

金秀真和姜英尚齐声喊道，又互相睨了对方一眼，再别开。

“\(╯－╰)/男人大丈夫，不要像只鹦鹉似的学我说话。”金秀真挺起身子，踮起脚尖。她心想，身高高不过，那至少在气势上也要压过对方。

轻轻摇了摇纤长的手指，姜英尚依然气定神闲地说：“你不只眼睛有问题，连耳朵都有问题。我们各自说的那一句话，明明有个字是不同的。”*ˆ ÷ ˆ*

气啊！金秀真彻底火了，0（>_<）0 她卷起衣袖，大有决一死战的决心。

“>_<废话少说，我们来公平竞争吧！”

姜英尚双手环胸，无所谓地耸耸肩：“行，︶_︶那你想比什么？”记不清已经有多久没有遇到过这么让他感兴趣的事了，或许眼前这个身高只到他胸口，却又敢踮着脚尖，明目张胆要和他抢鞋，生气时浑身是刺的女孩会带给他值得期待的事 。

“就比…X __ X…”金秀真侧过头冥思苦想，暗叫糟了，要比什么呢？(°　o °)她自己也还没想到，只是话脱口而出就变成这样了。她苦恼地挠挠头，从小到大，她没有一样东西是比别人强的。(╯︿╰)

静静地打量着她，姜英尚不知道金秀真脑袋里装着些什么，他也不知道自己为什么这么喜欢看她此刻带点懊恼，却又不服输的神情。自从幼稚园转学后，他第一次觉得女孩子原来也能那么可爱。~@ˆ_ˆ@~ 不过可爱归可爱，他深知这女孩是惹不得的，因为他并不想被扎得满身都是刺，那样会很痛，而他最怕痛了。{{{(>_<)}}}

罢了罢了，-____-″就那个吧。虽然有点白痴，但是彼此的胜算都是靠运气的，谁也不会吃亏。金秀真打定主意后，摩拳擦掌起来。╰_╯

她这是在干吗？@_@a 姜英尚狐疑地挑高眉盯着她。

扭扭脖子，扭扭腰，金秀真对着手掌呵气，~w_w~ 充分做好准备动作。

她到底想干吗？姜英尚笑了笑，~`o`~ 难不成要和他打架？

“我们就比最简单的。”她说。

“最简单的？”他等待她接下来的话。---！

“剪刀，石头，布！”

“…0__0″…”

大力推门，用力甩门。

一个娇小的身影怒火冲天地窜了出来，. \\/ .“噔！噔！噔！”脚丫子所经之处仿佛燃起了一丝丝的火焰，她大概还没有意识到随地纵火是要罚款100的。

输了！她输了！-︿-没错，金秀真承认她是输了。可是输了也不打紧，但连输13盘就没脸见人了。~~>_<~~

她愤愤地想，`_´*究竟是哪个没大脑的家伙说猜拳是靠运气的，根本一点科学根据也没有。她的运气才不会那么背。//(T o T)//

金秀真越想越气，越气就跑得越快，%>_<%结果在楼梯上跌

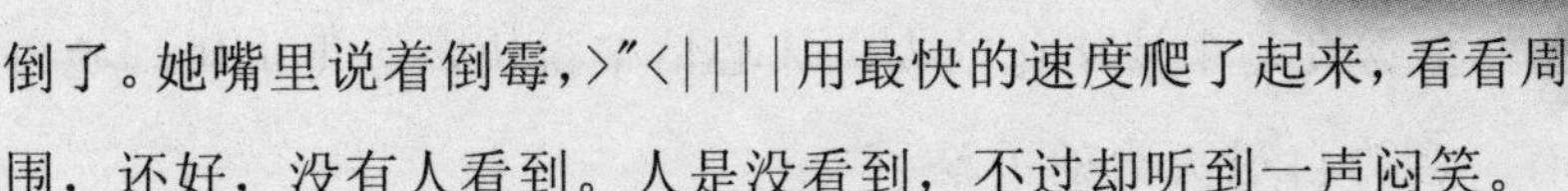

倒了。她嘴里说着倒霉，>"<||||用最快的速度爬了起来，看看周围，还好，没有人看到。人是没看到，不过却听到一声闷笑。

“是谁？（｀︿´）︶-#谁那么缺德在偷笑？有种就给我滚出来，光明正大地笑给我看。”金秀真大吼。

姜英尚施施然从拐角处走出来，￣○￣唇间的笑意早已隐去。他是聪明人，懂得适可而止、不要火上加油的道理。再说，他其实并不喜欢多言，只有能够接近他心灵的人才能看到他真实的一面。

他一步一步地朝她走近。╯﹏╰

金秀真紧张起来了，→_→不知道他会对她做什么？她当下打定主意，要是他真的对她做出什么，她同样会毫不客气地还以颜色。一 一+她自问不是个会吃亏的人，也不是好欺负的。

可与她擦肩而过之后，姜英尚什么也没做，转个弯，渐渐远去。一_一ˆ

窗外灿烂的阳光洒了他满身，他脚上的新鞋尤其耀眼，清澈的蓝色似乎套上了一层光圈。

金秀真眯起眼，(-.-)=3凝视着他远去的背影。她的注意力大多是放在那双鞋上，捧着一颗碎掉的心，悲叹道：“啊，我的‘脸’啊！~~”就那样毁在那家伙的脚下啦。真是…-︿-…真是…%>_<%…算了，属于她的就是她的，不属于她的她也不强求。嘿嘿，还是回家吧！*ˆ÷ˆ*

金秀真是个情绪化的人，坏心情来得快，去得也快，她自有一套为自己灭火的方法。

拍拍屁股准备回家，只是她突然发现一个问题，她刚才到底是在上楼？还是下楼？ -_-

第二章 朋友恋爱了

—_—#这年头的人都喜欢私闯民宅。可怜的金秀真K卡通片通宵后才刚刚爬上床两小时，就被好友朴素妍拖了出去。金秀真连问她“-_-为什么门锁上也能进来”的空闲也没有，嘴里莫名就多了两个铜板，并被踹上了车，扔垃圾似的扔到一个空位上，好像在叫她哪边凉快哪边去。e_e

公交车歪歪斜斜地转弯，上桥，再加速。车上的学生们无一不随着车的律动而摇摆，像个果冻似的晃来晃去，煞是滑稽。└(^o^)┘

金秀真的脑袋瓜不时地和朴素妍的碰撞，两人发出“哎呀呀”的声音。等她们到站的时候，早已是晕头转向，不知今朝是何日了。(-.-)=3

下了车，金秀真站在一所贵族学校门前，~*.*~微扬着头，一张小脸洋溢着幸福的神采，眼睛扑闪扑闪，口水啪嗒啪嗒不断往下掉。她举起小手揉了一次又一次眼睛，真不敢相信耶，这个就是BLEB高中！那间赫赫有名的有钱没地方花，连门口的校名都是用玉雕成的学院。她情不自禁用双手捧着脸，*o*好陶醉喔！没想到自己有一天能够和它有如此近距离的接触！*^o^*//

不知道偷偷挖它一块玉出来卖能赚多少钱呢？∩__∩y她盘

算着。

“秀真，>_<# 你还呆在别人的学校门口干吗啊？快点回来，要迟到了！”这时候传来朴素妍煞风景的大嗓门。（*+ ﹏ +*）

金秀真转过头，脸色瞬间丕变，蓦自哀号。x__x 她真正要进的是对面马路那头的高职学校，它也是全国闻名的，至今仍然以“垃圾”两字雄霸一方。－0－

这个世界很奇怪，不是吗？0__0 明明同在一个区域，只是相隔一条马路，学校与学校之间相差悬殊就能这么大。别人的学校是重点贵族学校，她的学校却是垃圾收容所；别人的学校教学楼金碧辉煌，她的学校泛着古老、陈旧的味道，甚至有摇摇欲坠的趋势；>_<更令人愤愤不平的是，别人的学校里面是帅哥美女，她的学校 …(⊙_⊙)…唉，先瞧瞧正前方那个挖着鼻孔的金发小子，再看看右手边随地吐痰的红毛儿，接着望望左手边脸上有一道疤痕的小混混，然后扭过头瞥瞥后面头发五颜六色的孔雀头……最后得出结论：她被一群长得乱七八糟的怪兽包围了。>"<||||

“朴素妍啊！”金秀真哭丧着脸，（*>.<*）把头埋在朴素妍的肩上，“原来学校比学校，真的会令人自卑死。”~>_<~

“那要不要我挖个洞让你钻进去啊？－_－#”朴素妍白她一眼，沿着她的视线望去，“别去羡慕了，其实咱们学校也蛮不错的。^o^”

0_0 金秀真掏掏耳朵，眼睛睁大了一圈又一圈，不是吧，她没听错吧？这丫头居然能把全市最烂的学校称为“蛮不错”。 +_+ 她是太乐观了，还是已经疯了？

瞄了一眼手表，朴素妍大喊一声糟了，然后拽着金秀真的手臂死命往后拖。“走了，别看了，快上课了，第一天不能迟到，不然会死得很难看的！”

“555555，不要啦，让我再多望一眼！”~~>_<~~

“看多少遍也没用，反正你不可能成为那间学校的学生。”￣○￣

金秀真冷冷地横她一眼，(＞__＜)这臭丫头什么时候说话变得这样歹毒了？

“快点，*^◎^*快点！”朴素妍加快脚步，边看手表边拉着金秀真冲向教室，应该不会迟到的。就在这千钧一发的时候，门突然关上了，她们俩一愣，0_0 这时上课铃无情地响起……

门再度缓缓打开，一个卷发女孩倚在门边，双手环抱放在胸前：“(－.－)你们迟到了。”

金秀真大步走上前，不服气地说：“>_<我们没有，要不是门突然关上，我们是不会迟到的！”

“\^o^/”朴素妍在一旁点头附和。

卷发女孩柳眉微扬，对她们上下打量一番：“(－.－)我是这学期的纪律股长，尹香君。”然后转身没走几步，又回头对

她们笑笑，“忘了告诉你们，门是我故意关上的。”-_-

什——么？！她们瞪大眼睛，不知道要怎么充分完整全面透彻公正客观地表达她们的愤怒！>o<

“这女的太过分了。”>o<金秀真盯着她的背影良久，咬牙切齿道，“朴素妍，记住她，下次记得要把她撕成碎片。”

朴素妍回应她的是一记铁棒。

“= =+ 金秀真、朴素妍。”后面倏地传来一声嘶喝。

“是。”金秀真和朴素妍如遭雷劈一般，双脚直打颤。死定了，是她们班主任陈老太 T_T。

“反了反了！ ╰_╯ 新学期第一天上我的课就敢迟到！你们吃了熊心豹子胆了？！”陈老太一脸要将她们碎尸万段的样子，“你们最好能给我一个合适的迟到理由！”. \\/.

金秀真眼睛一亮，└(^o^)┘要理由吗？她编故事的能力可是很强的。

早上不小心被外星人抓去，他们说我不是地球人的孩子，\^o^/ 抓我去做研究，所以我迟到了。

嗯…－_－#…这个理由好像不太现实。

坐车的时候，对面有一个帅哥老朝我笑，*^^*搞得我心猿意马，多坐了两站，所以我迟到了。

呃…=_=…这个世界青蛙比帅哥多，别说陈老太不信，连她自己也说服不了自己。

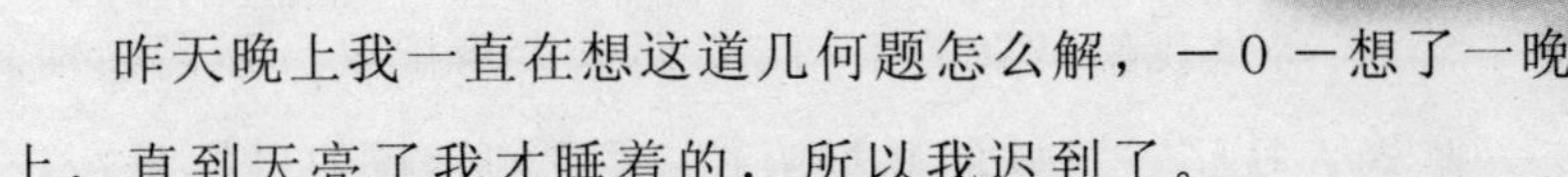

昨天晚上我一直在想这道几何题怎么解，－０－想了一晚上，直到天亮了我才睡着的，所以我迟到了。

唉…╯__╰…太扯了，一听就知道是编的了，况且她今天几何作业都还没做。

我今天上车后，汽车抛锚了，°o°所以我迟到了。

哈哈…∩__∩y…不错不错，这种事经常会发生的，应该是可以的了。

她想好理由后，双手一击，笑眯眯地正打算说出来时，朴素妍却在一旁很不识相地挺着腰杆，扬起鼻子，很跩地说："迟到需要理由吗？不需要吗？需要吗？为什么不需要，为什么需要…*+__+*…你倒是说说看，需要的话又是什么理由？不需要的话，又是什么理由？说啊说啊……我洗耳恭听……"

金秀真瞠目结舌，⊙__⊙这死丫头的话无疑是给陈老太头上泼一桶油。

陈老太气得发抖，指着她们大喊道："@x@好啊你们！"声音分贝逐渐提高，"放学后给我扫干净学校所有的厕所。"T^T

金秀真绝望地一拍头，{{{(>_<)}}}她就知道会这样，她彻底认命了。

所有？"男的也要吗？"她小心翼翼地问。不会那么变态吧！-_-

"没错。"

“>o<可是我们是女的T_T。”两人大声抗议，强调性别。

陈老太扶了一下她的黑框眼镜：“我们学校的目标是在任何环境下都要学会能屈能伸。”镜片在阳光的折射下反射出刺眼的光芒，“懂了吗？”

她们俩不可置信地相视一眼，以蚊子般的声音应道：“懂。~~>_<~~”

“说什么？我听不见，大声点！”陈老太厉声道。

“~~>_<~~懂！”这次喊得跟打雷一样。

有了昨天迟到的惨痛教训后，隔天一早，金秀真在摔破她第三十个闹钟后，终于如她所愿提早了10分钟到校。朴素妍的想法显然也是一样的，两个难姐难妹在教室门口巧遇。

“小妍~~~~~~`(^-^)”

“(^o^)小真~~~~”

金秀真正想跑上去拥抱朴素妍，感受一下友谊的温暖。

朴素妍却咻一声溜到门口，把门堵住。

“姓米名小妍，你什么时候当了尹香君的狗？”金秀真皱起眉头，死死地瞪着她。

“嘻嘻，不是啦，只是我有点话想跟你说。*^_^*”朴素妍憨笑着，略带羞涩地垂下眼帘，脸有点发红。

金秀真狐疑地扬起一边的娥眉：“一_一^说吧。”

“其……实…#^_^#…那个……嗯…*^︹^*…恋……爱了。”绞着手指，朴素妍不自然地左右摆动着身躯，支吾了半天。

=_=“什么？你是说你恋爱了？！”

“嗯。”红晕更深了=^_^=。

沉默半晌，金秀真握起朴素妍的手，一副语重心长状：“唉，(ˇ︿ˇ你长大了，长毛了，是时候要振翅高飞了，我也不会阻挠你的。只希望你以后不要有了异性就忘了好友，被甩后不要跑来找我就好，你尽管去飞吧…(^_^)~~…哦对了，记得带手信回来。”语毕，把她推开一边，“麻烦借过一下，我要进去。”

“秀真，╰（*∩_∩*）╯我们是最好的朋友对不对？”朴素妍出其不意丢出这么一句话，一听就知道有事相求。

“*x*看情形啦！”金秀真四两拨千斤。

“什么叫看情形？”朴素妍怪叫起来。

哎呀，快敲铃了。“ˋ_ˊ*我认识你不是一天两天了，老实说吧，究竟是什么事？坦白从宽，抗拒从严。”

“^_^那个，你今晚可不可以陪我去BLUE高中？”

金秀真一心只想打发朴素妍，没听清楚问话就爽快答应了：“好，-.-没问题。”待她消化完这句话后，混沌的大脑终于开窍了，陡然止步，转身反手使劲按住朴素妍的双肩，

情绪略带激动，“你…~w_w~…你说什么？BLUE高中？你男朋友是BLUE高中的？”

朴素妍眨眨眼:“是啊，我还以为你早就知道了。”*^__^*

“正、在、等、你、说！”她真想捏死她！这么重要的事她怎么现在才讲?

“有什么关系，(^_^)反正你已经答应陪我去了。”

“不！我不去。”松开手，金秀真毅然拒绝，径直走进教室。

“啊，为什么？你刚刚不是答应了吗？(^人^)”朴素妍着急地从后面把她扯出来。

“::>_<::食言而肥，你要是把说出口的话再吞回肚子里，就会变成大胖猪的。”T^T

“>_<#我不介意做一只白白胖胖的猪。”金秀真挥舞着两臂吃力地往前迈步，可她的力量终究不敌朴素妍。︶_︶真搞不懂，竟然会有人喜欢朴素妍这种大力士，她要为那个可怜人祈祷。

“喂，(>__<=你快放手，我要喊了。”金秀真掰玉米似的掰着朴素妍的手。

“哼，你喊吧！喊破了嗓子也没人能救你。”朴素妍干脆一不做二不休，-︿-整个人挂在金秀真的身上。(*@︿@*)

金秀真顿觉背上多出了一只分量十足的猪，走起路来吃力

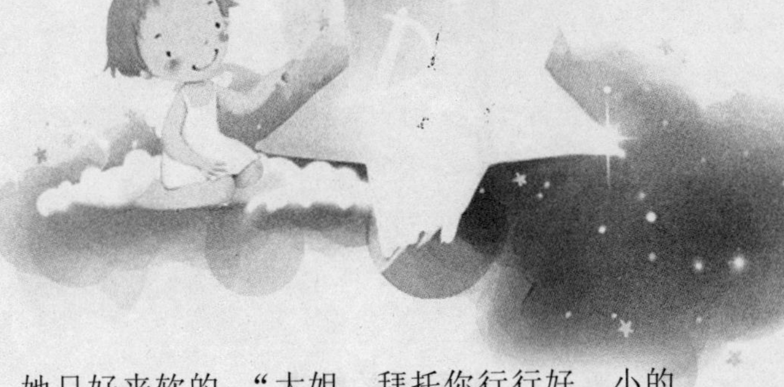

万分。硬的不行，她只好来软的：“大姐，拜托你行行好，小的不想再迟到了。”＋__＋

“除非你答应，@x@否则我是不会放开你的，大不了再一起去洗厕所。有道是，姐妹有福同享，有厕所就同洗。”

“>o<你喜欢洗厕所就自己去，别拖我下水。”

“我不管，>_<不管！”

“啊，气死我啦，我也不管了，去就是啦。：：>_<：：”

第三章 酸苹果的味道

BLUE高中正门前的路旁种了两排垂柳，那些细细柔柔的叶子打着圈儿，飘落在地。金秀真一脸臭臭地站在那里，@_@与那风景显得有些格格不入。熙熙攘攘走出校门的学生，均忍不住回头看看她，眼神不一。更多的是瞥见她的校服后所显露出来的鄙夷。一　一+

哇靠！（*>.<*）~ @真是丢脸丢到太平洋了。金秀真浑身不自在，弯腰捡起地上的一片叶子挡住自己的脸。她想，能挡多少就挡多少。她虽然很向往这种名校，但也仅止于远观而已，只因她受不了那些“上等人”用看外星人的目光将她们从头看到脚。\(╯－╰)/

在她正前方的朴素妍堵着学校门口，丝毫不理会四面八方投过来的异样眼光，伸长脖子左顾右盼了好一会儿，还没见到她的“阿娜达”。她撇了撇嘴，(╯︿╰）有点丧气地走到好友旁边：　“秀真，你脸怎么那么臭？”-____-″

金秀真没好气地白她一眼：“-︿-你看不出我脸上写着3个字吗？很、不、爽。”朴素妍死盯着金秀真看了半天，(⊙o⊙)才乐呵呵地说：“哪有？#^_^#我只看到漂亮两个字。”金秀真正暗地高兴~@^_^@~，朴素妍却马上接着说，“可惜是写在别人脸上。”∩__∩y

沉下脸，金秀真拉长音大叫道：“小妍！::>_<::！”这丫头说话越来越没人性了，她抡起拳头正要追着朴素妍来一顿暴打。

这时，后面扬起一声声发春的猫叫：“＞﹏＜小妍——”

“＞﹏＜毅天~~~~~~~~”看到心上人，朴素妍的眼睛像通了电的灯泡一样慢慢亮了，直接就钻进池毅天的怀里。

“^_^DO YOU MISS ME？”池毅天搂着她的腰，下颌抵在她头顶上。

“OF COURSE，AND YOU？”__.,__

“ME TOO.”

两人好端端地干吗用英文交谈，⊙﹏⊙∥/° 欺负她听不懂啊？！ —_—#

金秀真透过叶子的缝隙用眼角的余光扫了这对紧粘在一起的“年糕”一眼，受不了了，胃在翻腾中，她想吐。x _ _ x

池毅天看到金秀真，对她露齿一笑，^_^一排白灿灿的牙齿在阳光下闪闪发亮。

金秀真眯起眼仔细一瞧，呵，不错。…(⊙_⊙;)…是帅哥！她扔掉叶子，弄弄头发，也忙展开笑容，但她不敢露齿，只因她的牙齿没他的“光彩夺目”。(*^︿^*)

“你是小真吧…*^﹏^*…”池毅天笑着说道，“谢谢你平

时对小妍的照顾。”说罢，向金秀真弯下腰，鞠了一躬。

金秀真纳闷着他干啥对她鞠躬啊？出于礼貌自己也赶忙回他一躬：“哪有哪有…* ∩_∩ *…”

“^_^ 应该的应该的。”说着，他又对她一鞠。

“呵呵。^_^o ~~~~”金秀真干笑着。心想，这家伙有完没完啊！~>_<~+

“你们在做什么？（v?v）”一个男性的声音突然响起。接着便见到三个身姿挺拔，都拥有俊美五官的BOY从校门口施施然走出来。o_o那画面简直比世界服装SHOW更引人入胜。*^_^*

“你们也让我等太久了吧？>"<”

其中两个男孩笑而不答，剩下那个男孩帅气地拨了拨头发，看了看朴素妍，又把目光放回池毅天身上：“抱歉，我们都不是当灯泡的料。”^^v

“*@_@* 去你的。”池毅天给了他一拳。

那男孩轻轻闪过，嘴角微微往上一扬。他走到金秀真面前，“嘿”了一声，说：“Y（^_^）Y 我们又见面了。”

金秀真皱起眉头，仔细观察着他，（⊙o⊙）再三确定，自己不认识他。

收意起嘴上的笑意，那男孩双手抱胸：“忘了吗？看看我的鞋。”~^o^~

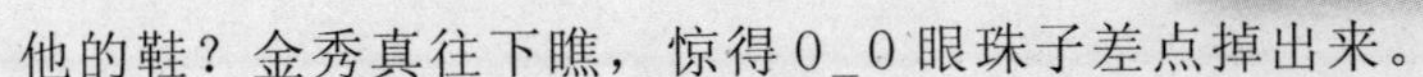

他的鞋？金秀真往下瞧，惊得 0_0 眼珠子差点掉出来。

“你…-_-…”竟然是昨天抢她“脸”的那个家伙！晕啊，+_+ 真是冤家路窄。

“看来你是想起来了。”他俯在她耳边，用只有两个人才能听到的声音说。

两人的距离如此靠近，=^_^= 在旁人看来是多么亲密无间。金秀真并不知道，而这正是姜英尚想要的效果。

“\^o^/ 原来你们早就认识啊。”池毅天揽着朴素妍道。

“不是很熟。”金秀真赶紧和他划清界线。(-.-)=

池毅天对姜英尚眨了一下眼，姜英尚露出一丝苦笑。╯_╰

“^_^ 那我来帮大家介绍一下吧。”池毅天分别指着那三个男孩，“权正勋、达夫、姜英尚。”然后又指着朴素妍和金秀真，“我老婆朴素妍，她朋友金秀真。”

“金秀真…~ o ~…”姜英尚眉毛轻轻一挑，把名字记下来了。

过后，一伙人呼啦啦地去 PUB 里狂欢，这是民主投票决定的，~_~ 金秀真是唯一一个持反对票的，不过，自始至终没有人把她这一票看在眼里。而她是真的、非常、超级不想去，只因她还要赶着回家追卡通片。可是，为了顾及面子（怕被人知道理由后当成笑柄），她不得不捏紧大腿忍着，祈求有一天电

视台大发慈悲重播。-︵-

霓虹灯相互交错，舞池里伴随着劲爆的音乐，少男少女们狂野地扭动着腰肢，池毅天和朴素妍也是其中的一员。π_π

权正勋和达夫去泡MM了*^^*，只剩下金秀真和姜英尚并肩坐在吧台前。坐在高脚椅上，金秀真悠闲地晃动长腿。X__X

“~^o^~请问两位要喝些什么？”调酒师边擦着晶透的酒杯边问道。

“呃…\(╯－╰)/…那个……”金秀真搔搔头，她是第一次来，不知道要点什么好！唉，能不能只叫一杯白开水？

“给我一杯玫瑰红。”姜英尚修长的手指轻敲着桌面，动作出奇地优雅。

金秀真眼珠一转：“我跟他一样。”跟他一样准没错，他总不会叫毒药毒死自己吧？！

“好的。请稍等。”

不一会儿，两杯鲜红的插着一朵玫瑰花的鸡尾酒来了。金秀真双眸一亮<@_@>，向调酒师要了一条吸管，迫不及待地想尝一尝味道，压根儿没有发现一旁的姜英尚正饶有兴味地看着她。

一股苦涩的味道马上袭上喉头，金秀真的脸色由红变青，再由青变紫，最后是一脸死寂的白。T_T 5555~这根本就不是

人喝的嘛。^^>_<^^

她偷瞄了姜英尚一眼，⊙　⊙这变态咂了一口酒，正一副津津有味的表情。再瞄一眼，他点燃了香烟，呼出白雾，一仰头，把酒全灌进肚里，－_－b这家伙果然不是普通人。又忍不住瞄一眼，咦？怎么帅气的脸瞬间放大了好几倍。?_?

怎么有人捧起她的小脸蛋？姜英尚捧起她的脸强逼她的视线和他的锁在一起，以恩泽的口吻对她宣布：“偷窥是不良行为。我决定了，看在我们两人交情匪浅的分上，我愿意无条件展露出俊美的脸庞供你观赏，高兴吧？”这种大言不惭的话，大概也只有他能说得脸不红气不喘。

=_=呸呸呸，谁和他有交情来的。少臭P了！看她的厉害。“噗。”金秀真把憋在嘴里良久的酒一滴不剩地全喷在了他的脸上。^o^y

哈哈哈……她擦了擦嘴，憋住笑：“不…哈…好意…哈哈…思…↖(^ω^)↗…我不是有心的。哈哈！”她笑着忙不迭地又补上一句，“大概也不是有意的。”她说得很婉转，挑衅的意味却十足。^^v

酒滴答滴答不断从姜英尚棱角分明的脸上往下掉。他抹了一把脸，不怒反笑，嘴角上扬，露出一抹深不可测却又带点邪恶的笑容。他侧头凑近金秀真的耳际，轻语道：“知道我最大的兴趣是什么吗？”-_-

她浑身一颤，隐约嗅出一丝危险的气息，{{{(>_<)}}}僵硬地摇摇头。

“揍——女——人。”他一个字一个字清清楚楚地说。~~~^_^~~~

0_0 她瞪大眼睛，一双惊恐的眸子止不住地抖动着，下一秒，尖声大叫：“救命啊！”仓皇地逃出PUB。~~>_<~~

身后只留下姜英尚的一串笑声，他做梦也没想到会重遇她，*^@^*也许这就是所谓的命中注定吧。

晚上，金秀真抱着最LIKE的熊宝宝窝在暖烘烘的床上，打算拉高被子蒙头大睡 e_e，忘却今天一天的不愉快。-____-″

就在她处于半昏睡的状态时，手机却不识时务地响起恼人的声音：“猪，有电话啊！猪，快听电话啊！猪，再不听电话以后就嫁不出去了！…T^T…”

她气恼地抓了抓头发，心里犯着嘀咕：T^T 到底是哪个混蛋帮她设定的铃声，她要是知道了铁定要把他拖出去揍一顿。“喂？”她按了接听键。

“真啊，我啊！是我啊！*^_^*”

“?_?我是谁啊？”

“我是我啊，∩__∩哦不对，我是朴素妍啊，哎呀，我究竟在说什么啊？”

金秀真朝天花板翻白眼：“我要挂了。”她困极了e_e。

“不，不要，>o< 先别挂，我有话要说。”

她继续翻白眼，不耐烦地催促道：“╰_╯ 那快说啊。”

“咳，咳！^o^ 嘿嘿嘿！”朴素妍清了清嗓子，发出一连串巫婆似的笑声，神秘兮兮地说，“我全知道了。”

这丫头脑袋没事吧？！一_一#

“什么啊？？_？”

“O（>_<）O 你别装了，再装就不像了，这件事大家都已经知道了。”

“究竟是什么事啊?” 一_一她真想一脚把这个啰啰唆唆的丫头踢到太平洋去。

“你向姜英尚表白的事啊。”└(^o^)┘

“轰”一个晴天霹雳，她腾地从床上弹起来，睡意全没了，冲话筒大吼：“你再敢说一次，试试看，我就把你的舌头剪掉！”向姜英尚表白？天啊，让她撞豆腐死掉算了吧。

“\^o^/反应别那么激动嘛，这种事，我能理解的，姜英尚是毅天的好朋友，感情就跟我和你一样，你能做他女朋友，我是真的很高兴的*^_^*，只是还不知道姜英尚会不会接受你啊，毕竟感情这种事不能单方面的嘛，但是你有这个勇气表白，我真的把你当成偶像了。PFPF（佩服）…★~★…”朴素妍自顾自地说了一连串。

“>o<靠，我都说了没有这事啊！你到底有没有听我说的？！”她快要抓狂了。

“没有。”朴素妍非常诚实地回答。

她头疼地揉了揉太阳穴，缓了缓情绪：“你先回答我，谁告诉你这件事的？ˋ︿ˊ”

“这个嘛，我想想…@_@…”朴素妍思索了片刻，扳着手指头细细道来，“首先我和毅天跳完舞后回到吧台就不见了你和姜英尚，等到权正勋和达夫回来后，他们说刚刚姜英尚发了信息给他们，‘(*>__<*)’说你向他表白了，因为不好意思所以就先走了，而姜英尚因为要慎重考虑要不要接受你，所以也先走了。事情就那样了。”

“>”<|||| 那就是姜英尚说的了。”她挑出关键字，尖声叫道，“我要杀了他！”

“真，千万要三思啊，(*@o@*)他死了，以后你就要当寡妇了。”

“朴——小妍——”她咬牙，“→_→我说我没干过这事，你信我不？”

“不信！”*^_^*回答得无比干脆，无比坚定。@_@

~~>_<~~这就是她们所谓海枯石烂的友谊？！

“那我们没话好说了，=_= 88。”

重新躺到舒适的床上，金秀真却辗转反侧，一夜无眠。她

脑海里塞满了疑问：姜英尚为什么要那样说呢？！5555~~>_<~~害死她了。

第四章 起舞的天鹅

为什么？⊙　⊙

为什么她连续三天来上学，T_T 总会有不识相的人挡在门口，而且今天还是一堆清一色的女子军团。.\\/.

莫非这是一种流行？?_?

直觉告诉她，那些女的都是冲着她来的，虽然不明白原因，但是多一事不如少一事，还是三十六计走为上策，少惹为妙。=_=^

金秀真拉高衣领，遮掩了下半边脸，正欲转身逃之夭夭，却被突然伸出来的八只爪子从后面拖着走了⊙　⊙。

啊，完蛋了！ ~~>_<~~

教室内充满着一股异样的气氛，金秀真独坐一侧，其他女生则并肩坐在她对面，男生们全部被轰出教室，窗外阴气森森，肃杀之气弥漫四周，天地为之变色，草木为之含悲…~_~…太扯了啦！不过这气氛真的挺凝重就是了。0_0

“啪”一声，为首的那个女同学A拿着笔盒重重地往桌上一击，大喊:“升堂！”四周立刻响起“威武”的声音。=_=

现在是什么状况？包公审案吗？T^T 金秀真顿觉万分无奈，她好像没做错过什么吧？她一向都是标榜着“人人为我，我为人人”的良好市民啊！

“下面的人，所犯何事？”那个击桌的女同学A问道，俨然一副公堂上的官老爷相。

是啊，她也想知道自己到底犯了什么滔天大罪？－_－b

“报告大人，>_<她犯了‘色诱天鹅罪’。”女同学B站起来说道。

色诱？天鹅？//(ТoТ)//喂，同学！饭可以乱吃，话可不能乱讲啊！

“╰_╯是那四天鹅吗？”

“╰_╯是的，大人。”

什么四天鹅啊？她还四只丑小鸭呢！－_－#切，真是莫名其妙！

“此事属实？ `︿´”

“此事属实，大人不信的话，可以传证人上堂。`︿´”

“好，`︿´传证人！”

又一阵“威武”声响起~。~，接着女同学C隆重登场。金秀真送了她们一堆卫生球，要死了，这群乳臭未干的丫头年纪加起来都过百了，居然还那么幼稚？-_-

“拜见大人！”女同学C有模有样地在地上一跪一磕头。0_0

“嗯，起来吧。把你昨晚看到的事清清楚楚、老老实实地向在座的人重复一遍。”重重一个鼻音，这个做“大人”的真应该去当演员。

“是，昨晚放学的时候，. . @_@|||||. . 小女子呼朋唤友到PUB里狂欢，不经意间在入口处瞥见BLUE高中超炫的四天鹅，在好奇心的驱使下小女子的目光一直紧跟着他们，怎料……555555~~>_<~~”C说着说着便呜咽起来了，“~>_<~+小女子就见到他们和金秀真、朴素妍手挽着手，有说有笑。”

虾米？！她哪只猫眼看到他们手挽着手，有说有笑了？⊙o⊙她可是落荒而逃耶。

“伤心啊，Q_Q没想到四天鹅竟然会喜欢这种摆不上台面的类型。”她继续说着，醋酸的语气几乎要淹没金秀真，她忙大呼冤枉。+__+

“>_<抗议抗议！冤枉啊！”她想为自己辩驳，“大人，小的不服。”

“抗议无效，-.-不服就罢。”

啊！气死她了，这算哪门子的官啊！>_<

“带另一名犯人上堂。”

只见有两个人拖着朴素妍，⊙ ⊙押到金秀真旁边。

此刻的朴素妍神情和金秀真一样，有苦叫不出>o<。

她压低声音说：“我今天一早就被审问过了，看来她们也不肯放过你。”

金秀真怒瞪着她：“>_<还不是你害的，你自己交男朋友就算了，干吗要扯上我。我真是比窦娥还冤。~~>_<~~”

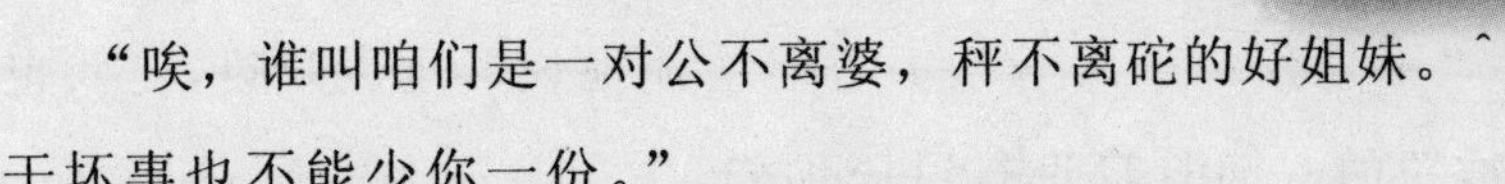

“唉，谁叫咱们是一对公不离婆，秤不离砣的好姐妹。^_^干坏事也不能少你一份。”

“呸，>o<你给我闪一边凉快去。”

“肃静，肃静，下面的吵什么？”

“…－_－#…”

“好了，现在由本官宣判对你们的处罚：X年X月X日X时X分X秒，经过我们多位大人的讨论，一致决定学校每个月一次的洗厕所任务就由你们两个负责。期限是一年。”

“啊！>_<又要洗厕所！”金秀真和朴素妍瞪大眼睛，又同时惊呼，“我不要！”

“少废话，本官说了算，厕所所长是尹香君，你们以后要听她的。”

“不是吧，那么衰！~~>_<~~”她们俩又异口同声道。

尹香君可以肯定，如果眼光可以杀死人的话，那她早已经被千刀万剐，然后被丢进海里喂鲨鱼了。

“你们瞪够了没有？－_－#”尹香君单手托腮，美眸流转，看着两个一屁股坐在她桌子上，头顶冒烟的人。

“>_<哼。”金秀真从鼻孔里哼出一股冷气，“在班里就你一个看我们不顺眼。= =+别以为我们不知道，这次的事也是你暗地里搞的鬼。”

“不是我。—0—”尹香君淡淡地说，垂下眼睫，“我也是被罚的，而且我没有讨厌你们。”

“那为什么你会是所长？”朴素妍一副“为什么所长不是我”的表情。

金秀真在心里翻白眼，这是哪里来的怪胎？真想剖开她的脑袋看看，脑细胞结构是不是异于常人。=_=

尹香君也没好气地说：“我来的时间比你们早。”-_-

“o_o真的吗？”朴素妍眨了眨眼，盯着她问。

“真的。”

朴素妍撇撇嘴，早知道她今天就不吃早餐早点来。~@^_^@~

“你有完没完啊？”X__X金秀真用力地拍打朴素妍的后脑勺，“做厕所所长有什么出息？”

“>_<干吗打我，我会变笨的。”摸着被打的地方，朴素妍哀号。

“就是嫌你太笨，我才会打你的。”金秀真又毫不客气地打了她一下。^^v

“~~>_<~~你才是，毅天经常夸我是天才的！”朴素妍略抬高被打的头，无比自豪地说。

“我现在终于知道白痴是怎样练成的了，唉，^o^y可怜的朴素妍啊，连你老公也骂你是天生蠢材。”

“>_<金秀真！！！！>_<！！！！”朴素妍大怒。

“干吗？要打架吗？^^v”金秀真撩拨着朴素妍，反正闲着也是闲着。

朴素妍气呼呼地冲上去与金秀真搏杀。

真羡慕她们！尹香君落寞地想。想了一下，她突然道：“金秀真，我看你也别五十步笑百步了。”脸上还是一副淡漠的表情。

“你什么意思？”停下和朴素妍的打斗，金秀真转过身面对她，拉下脸，她怎么觉得她这话里有贬损她的意思？

“就是字面上的意思，不懂的麻烦查字典。”尹香君耸肩。

金秀真冷嗤一声：“哼，狗嘴里吐不出象牙。”

“那不是跟你一样吗？”尹香君抬起一边的柳眉，反问。

“你…>o<…”可恶！

看到金秀真被气歪了鼻子，朴素妍有点扬眉吐气的感觉，赶忙煽风道：“香君你说得好！说得妙！说得哇哇叫！”

“呆子。”金秀真啐她一口。

“我才不是什么呆子。”朴素妍皱着眉抗议，望着尹香君发出求救的信息。

尹香君抿着嘴，责备地说：“你怎么可以说朴素妍是呆子呢？”

“是啊是啊！不可以说。”朴素妍猛点头。

“当着呆子的面说她是呆子是很不礼貌的。”尹香君接着

又说。

扑哧一声，“哈哈哈…^_^…”金秀真捧腹大笑起来，“你损人的本领比我还厉害。”

“谢谢你的恭维。”尹香君也忍不住咧开嘴轻声笑。

朴素妍跺脚，>o<恨恨地瞪着她们。

三人间某条讨厌的“弦”断了，友情在心底蔓延。

放学后，左闪右避，好不容易摆脱了缠人精朴素妍，\^o^/金秀真套上挎包二话不说狂奔回家。今天，她怎么说也要看到久违的卡通片。

到了岔路口，她毅然选择了抄近路。呵呵，说不定还能赶得上上一部卡通片的结尾，她天真地想着。^_^

前面霍然窜出了一群人，不是吧，那么倒霉。她立刻紧急刹车，减速前进一段后，“咚”一声，还是无可避免撞上了一堵肉墙。⊙_⊙

哎哟，她可爱又迷人的俏鼻啊，这样一撞会不会变扁了？~~>_<~~她几乎要痛哭。那堵肉墙居然说话了：“喂，你干吗会在这里？快点消失。”

这欠揍的声音，这不可一世的语气…T^T…分明就是姜英尚。这个名字刺激着她骨子里的每一条神经。她挑眉，一手叉腰，一手戳着他的胸膛让他步步后退，凶巴巴地说：“>_<本小姐，现

在最不想见到的人就是你。”

“哦，是吗？一 一+ 我还以为你是故意跟踪我的。”他抱胸，轻佻地看着她，并用眼神示意她注意周围的气氛。

金秀真这次很听话，没有反驳，一双黑瞳骨碌碌地转了一圈，模样实在可爱极了。感到有一丝不对劲，她轻声问他：“呃…=_=ˆ…这些臂上刺青的人，都是你朋友吗？”

“你觉得他们配做我的朋友吗？一 一+”他略带轻蔑地望着他们，眼中透出一丝不屑。

“嗯，确实，你配不上他们。”金秀真顺着他的尾音，有意跟他唱反调。心里喊着：哼，气死你，气死你。*ˆ____ˆ*

姜英尚把手指关节掰得“嘎嘎”响，侧头对金秀真说道：“以后再找你算账，@(一- 一)现在要先对付那些人。”

对付？o_o

打架两个字瞬间在金秀真的脑海里一闪而过，接着她迅速列出了一条公式：打架=揍+被揍。俗话说：双拳难敌四手。她和姜英尚只有两个人，更何况她只是一名弱质女流。情势对他们实在不太妙，~>_<~被揍的几率太大了。555~~她不要死在这里。*>.<*

对，ˆ_ˆo 保命要紧。

这时，人群中走出一个人，叼着一根烟，对他们喝道：“你们嘀嘀咕咕说完没有？姜英尚，那小妞是你什么人？ˇ︿ˇ”

金秀真慌忙抢先一步回答："那个…>"<…那个我不认识他的。"然后像赶苍蝇一样推着姜英尚，"喂，你是谁啊？靠那么近干吗，闪开闪开，离我远点。"

"哦？"那人挑高眉头，狐疑地盯着她。

"大哥，请相信我。M（_　_）M 我真的真的不认识他。"金秀真点头哈腰，搓着手说。

姜英尚在一旁微微一笑，暧昧十足："亲爱的，~^o^~ 你怎么能这样说呢，你难道忘了我们昨晚的恩爱吗？"末了，还似有若无地硬是挤出一滴泪。

天啊！-____-死定了！

金秀真倒抽一口冷气，惊讶得嘴巴张成 0 型，估计能塞进两只鸡蛋。

不等她有辩驳的机会，打斗"当当当"开锣了！

对付金秀真的，只有一个粗眉毛，长得虎背熊腰，面恶狰狞的小混混。

"…（`へ´）…"

她警惕地倒退一步："喂，::>_<::我警告你喔，别靠过来啊！"

"小妹妹，死在哥哥的手上是你倒了八辈子霉…¯○¯…"他嘿嘿地笑着，一脸淫相，恶心死了。

金秀真不耐烦地对那粗眉毛钩钩手指：">_<老兄，要杀要砍

就快，放那么多P干什么呢！”这句话成功激怒了粗眉毛。

眼看粗眉毛伸出猪爪想触碰她嫩嫩的脸蛋时，金秀真灵光一闪，抓准时机，抬脚，用力往他下面一踹－－ ^^v

“啊！~~>_<~~！”粗眉毛杀猪般的凄厉惨叫声瞬间响彻云霄，他捂着受伤的部位四处乱跳，嘴唇发紫，脸色苍白，很快就晕倒在地上。

看到这样，金秀真也不禁为他掬一把同情之泪。眉毛粗并不是他的错，但跑出来“吓唬”本小姐就是他的不对了。－0－

她屁颠屁颠地走过去，以山寨大王般的气势，一脚踩在粗眉毛的PP上，宣告胜利。└(^o^)┘

“早叫你不要靠过来嘛，是你自己不听而已啊，可不能怪我喔！哈哈！”^v^

姜英尚闪过一拳，迅速瞟了她一眼，似曾相识的画面在脑海里一闪而过。

大概是她刚刚那一招实在太猛了（对雄性动物而言），震惊四座，其他的混混不约而同将她视为洪水猛兽，(-.-)有多远避多远，没有人敢向她挪近一步。(^-^)她也自得其乐，拍拍屁股找了个干净的位置坐下，乖乖地呆在一边看武打片。

呃…@︿@…是她眼花吗？她怎么好像看到一只漂亮的天鹅在湖畔翩翩起舞！

时间不知道过了多久，天色渐渐暗了，一场毫无意义的打斗

终于落幕了，其他人不是被姜英尚打跑，就是被他打晕在地。而他本人也筋疲力尽，躺在地上大口大口地喘息着。x__x

金秀真站起身，掸了掸尘土，蹲在他旁边："喂，死了没啊？"-_-

"你试一下被十几个人群殴，⊙_⊙看看会怎么样！"他气若游丝，看来受伤了，而且伤得不轻。

"嗯…=_=ˆ…你的提议不错，要是有机会我也想去实践一下。"她嘿嘿地打着哈哈，又冲他嚷道，"喂，*@ o @* 你可不要一下子就挂掉了，那样会害我被怀疑是杀人凶手的。"

一 一+"这种时候，大概也只有你才能说出这种不是人该说的话。"眼皮有点重了，他瞟了她一眼，突然笑了，眼睛在同一时间渐渐合上，嘴却还蠕动着，似乎在说着什么。>"<|||

"喂喂，`o` 你说什么了？"她赶紧拍打他的脸，"别睡啊！喂喂。"~~>_<~~

月亮高挂，驱走了黑暗。

瘦小的金秀真艰难地扶着姜英尚，吃力地迈开步伐朝医院走去，身上还背着一个厚重的挎包，她觉得自己的身体变得越来越沉重了。-_-

天啊！地啊！Q_Q 她不得不开始怀疑她和他前世有仇，今生来犯冲了。~~>_<~~

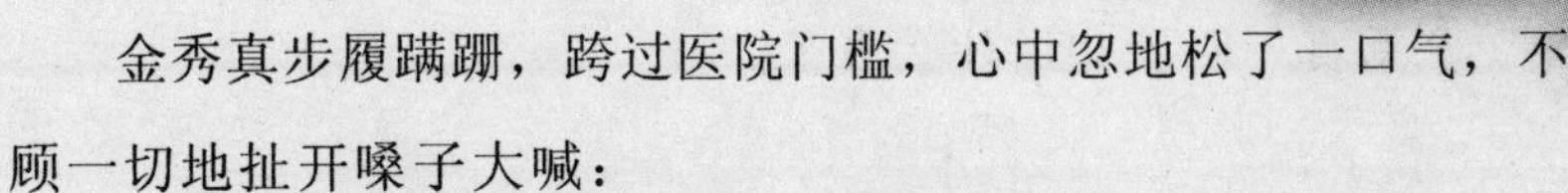

金秀真步履蹒跚，跨过医院门槛，心中忽地松了一口气，不顾一切地扯开嗓子大喊：

“⊙　⊙医生，医生在哪啊？要死人了啦！”

“嘘，-.-小姐，医院里面不能喧哗的。”一位白衣天使走过来，接过姜英尚，“把病人交给我吧。”

^_^o ~~~“哦。”挂在身上的重量一下子消失了，金秀真揉了揉酸痛的脖子，抽出手机拨通了朴素妍的电话，“喂。”里头出乎意料传来池毅天的声音。v?v

“喂，>__<说话啊，你是谁啊？男的还是女的？和我老婆有什么关系？”他丢出一个又一个问题，语气里流露出不容忽视的紧张与急切。

金秀真蹙眉：“我是女的，和你老婆关系密切，应该做和不应该做的那些，我们全都干过了，至于我是你老婆的谁随你去发挥想象力。”—_—#

“是吗，我只记得我老婆说过，她就算去搞GAY，也不会去找一个姓金名秀真的。”他狠狠地说。^^v

好啊，她现在总算明白，朴素妍说话为什么会变得那么恶毒了，原来是近墨者黑。

“>o<哎呀别扯我，我等一下还你就是了……”~~>_<~~

那边朴素妍正在和池毅天进行电话争夺战，结果——

“喂，\^o^/小真啊。”朴素妍难掩愉悦的声音。

金秀真一听就知道什么事了。

“赢了？”- -|||||

“^_^ 嗯，抢赢了。”

“¯○¯你家电话怎么会落在那家伙手上的啊？他怎么会在你家？你们进展到什么程度了？”金秀真一口气炮轰道。

朴素妍被这些问题弄得抓狂：“你从哪里冒出这么多问题啊？-_-”

“刚跟你老公哈啦的时候偷学的。:p”金秀真献宝似的哈哈大笑。

“喂，你不要对我老公有非分之想啊。=_=^”朴素妍警告金秀真。

她眼睛往上一翻：“一_一b 我瞎了眼才会对他有什么非分之想。”

“>_<那你找我有什么事啊？”朴素妍切入正题。

金秀真方才想起了她打电话来的目的：“抱歉抱歉，@_@ 我不是来找你的，是找你老公的，麻烦把电话扔回给他。”

“去你的，*.* 你耍我们。”朴素妍不悦道，抱怨归抱怨，还是顺从地把电话扔给池毅天。

“？^@^* 我是池毅天，池毅天是我。”啰唆的男人，这和第一次见面时对她有礼鞠躬的池毅天简直判若两人。莫非男人都是喜欢装酷、害羞的动物？往往只会把真实的一面给最信任的人看到。这又让她想起姜英尚，他们第一次相遇时与第二次重遇之后，他明显表露出来的滑头…╯_╰…

唉，她现在想这些干吗。金秀真把思绪拉回来，对着话筒喊道："…－_－b…听着，你现在立刻到XX医院见姜英尚最后一面。"

她把手机挂掉后，颓然躺在椅子上，她可以想象得到池毅天吃惊的表情和一肚子的疑问。但是她现在已经没有多余的精力去想那么多了，她只想泡一个热水澡，美美睡一觉…*o*…

第五章 醋味校园

数天后的一个下午，#^_^#艳阳高照，姜英尚穿着一件浅蓝的T恤，一条深黑的牛仔裤，帅气得让人透不过气来。挺拔的身影加上好看的五官，分外吸引人的眼球。他倚靠着高职的大门，地下铺满了烟头，眼睛在来来往往的人群中搜寻着那个熟悉的倩影。

>_<卡通片！卡通片！快！快！快！∩__∩y

金秀真嘴里反复念叨着，一路奔跑，所经之处刮起了一阵轻风，今天不允许有任何特殊情况发生，因为卡通片要大结局了！@_@

咦？T^T谁那么缺德扯着她的后领不放？可恶！

转过头，她的眼里写满了愤怒，噼里啪啦抛出一连串叫嚷：">o<姜英尚你这个杀千刀的，. \\/. 你不是被打死了吗？死了的人就应该安分守己躺在棺材里，不要飘出来吓人。要知道，你活着的时候就没干过对国家对社会对人民有贡献的事，>o<死了后再吓人会上刀山、下油锅、永不超生，投胎做牲畜的。"咳咳！话说得太急了，她被空气呛了一下。

姜英尚讪笑："^v^ 你说话怎么像机关枪一样，一发不可收拾。"

金秀真脸色一拉：“>o<你专门来抓我衣领，就是为了对我说这句话吗？”=_=ˆ

“—_—ˆ当然不是。”姜英尚放开了手，神情有点不自在，眼神漂浮不定。=ˆ_ˆ=他今天来是想向她说声“谢谢”的，但道谢的话一窜上喉头，又飞快地吞了回去。

+_+她生气了，一跺脚：“我没时间和你磨磳，没事我就先走了。”她越过他，打算再以刚刚的速度狂奔回家。

“等等。”他大步流星追上她，拉住她的手，“(ˆoˆ)有什么事比和我这个帅哥聊天来得更重要？”

=_=他笑对着她，很自大，很狂妄。害她直想冲上去扁他一顿，但又不忍心伤害那张俊脸，于是忍住了。她皱眉，决定挫挫他的锐气：“多的是，例如喝水、睡觉、拉屎、吃饭、上网、看卡通片…>_<…哎呀，太多了，我怕三天三夜都说不完。”

“没关系，我们有的是时间，你可以慢慢说，说三天三夜我也奉陪。”他一副“我打算和你耗到底”的表情。*ˆ____ˆ*

她白他一眼，耐性被他磨光了，拼命拍打那只抓住她的手：“放开啦，我真的有急事。”妈妈咪啊！卡通片已经开演了。=_=

他抓得更紧了：“0(>_<)0先说清楚有什么急事？”连

他自己也弄不清楚，为什么会那么急切地想知道让她这么着急的事是什么。

“— _ —b 不关你的事。”她几乎是吼出来的。

“越不关我事，我越想知道。”他笑眯眯地道，很喜欢看她生气的样子。

“男人那么三八，小心以后没人要！”

“看我长得那么帅就知道，那是不可能发生的事。”

“…— _ —^…”

她瞪着他，心一横，抬起他们重叠的手，一口咬了下去。Y(^_^)Y

“SHIT！”他低骂了一声，松开手。

金秀真敏捷地跳开，与他保持一段距离。

她对着他比了个V字，得意洋洋地扭着PP：“想抓我，下辈子吧，88了。”语毕，嗖一声拔腿溜跑了。^ ^v

姜英尚若有所思地看着她消失的方向，喃喃地说：“她还真会跑。”⊙_⊙

金秀真瞪圆了眼，无可奈何地瞅着电视屏幕上的三个英文字母：E-N-D!!!!

她的卡通片播放完了！而她，居然没能看到！~~>_<~~!!!

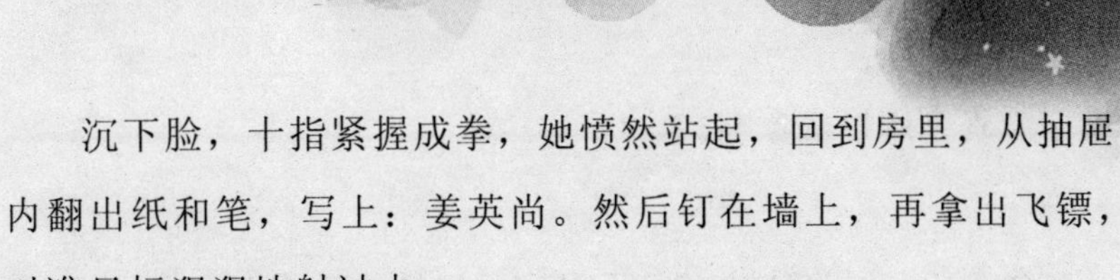

沉下脸，十指紧握成拳，她愤然站起，回到房里，从抽屉内翻出纸和笔，写上：姜英尚。然后钉在墙上，再拿出飞镖，对准目标狠狠地射过去。

该死的姜英尚！>_<！每次都是他害的！都是他的错！

>o<混蛋、混蛋，姜英尚！你这个大混蛋！鄙视你！

“滴滴滴滴……”手机提示有新的短信，她撇了撇嘴，扔下飞镖，抽出手机查阅，只见手机屏幕上出现了几个大字：真，大新闻啊！>o<

>″<是不是有人发现姜英尚横尸在街头？！她坏坏地回复。^v^

很快又来了一条信息：呸呸呸，0__0″你和尚有仇啊，干吗诅咒他？

我跟他是不共戴天，还有你不要叫他尚那么亲热，我鸡皮疙瘩都掉了一地。她再次回复，打字的手有点颤动。T^T

你们的事我不管，现在在BLUE高中大门口正上演一场感人肺腑、赚人热泪的痴情女子戏码，你来凑热闹不？=^_^=

不去，这种事我在家看八点档就可以了。

女主角是尹香君。

OK，马上到。'(*>__<*)'

金秀真披上外套就出门了，她很好奇，尹香君会是那种痴情

女子？真是难以想象啊。?_?

金秀真去到的时候，BLUE 高中门口早已围了一堆人，o_o 看来这年头爱看八卦的人真不少！

“小真！*^o^*这边！这边！”朴素妍在水泄不通的人群中探出头，向她挥手。

金秀真跑过去，使出她在大拍卖的时候被那些师奶们训练出来的缩骨功，好不容易挤到朴素妍旁边。{{{(>_<)}}}

“呼——累死了，里面情况怎么样？”她挥去脸上的汗水。

朴素妍递给她一张纸巾，努努嘴：“%>_<% 自己看吧。”

“不要去约会，-︵-可以吗？”尹香君抓着达夫的衣角，她低垂着头，波浪状的长发遮住了她的脸，此刻没有人可以看到她的表情。

达夫冷漠地扯开她的手：“╰_╯别弄脏我。”然后大手揽着身边一个长相甜美的女孩准备离开。

“不，不要去！”尹香君这次没有碰他，而是大步走到前面，张开手臂拦着他们。

达夫的眉头深深锁起，眼底闪过一道寒光，冷笑道：“尹香君，你清醒一下，我们都是现代人，开心就好，大家好聚好散，OK？”～o～

“不，－︵－别去约会。”尹香君轻摇头，语气中带着一丝哀求和苦涩。

达夫扯扯唇，露出一缕揶揄的微笑，对身边那个甜美的女孩打了个眼色，女孩点点头，跨前一步，叉着腰，一副居高临下的样子，然后狠狠地掴了尹香君一个响亮的耳光：“>o<贱人！达夫都说不要你了，还倒贴过来，真不要脸。”说着，挽起达夫的手走出了人群。

尹香君眼神空洞，望着他们远去的背影，无力地跌坐在地上，没有再追上去。//(ㄒoㄒ)//

金秀真和朴素妍看不下去了，走过去扶起她。

朴素妍看着她红肿的脸，担忧地问：“痛吗？”

金秀真则大力拍了拍她的肩，给她无声的安慰。

尹香君看着她俩，豆大的泪水终于止不住地从眼眶里滚落了下来。

又是一个郁闷、T^T不HAPPY的日子。

金秀真打开尘封已久的电脑，决定上网冲浪发泄发泄，说不定还能有什么艳遇。*^_^*

一上线，QQ上就有个名叫“我太帅”的头像在晃动。这名字让她想起姜英尚，想起他经常环绕在她耳边“我很帅、我长得

很罪过、我很受女人欢迎”等诸如此类臭P 的话。－_－#

她紧皱起柳眉，按了那个QQ头像，弹出了一个信息框：“HI！美女你好！(^o^)”

无聊的开场白，她轻敲了一个字回给他：“嗯。－0 －”

很快又来了一条信息：“小姐，*+ ＿+* 你很冷漠喔，多大啊？”

她郁闷极了，一成不变毫无新鲜感的问题，e_e没来由地使她有了逗弄这种人的兴致，于是手指轻快地敲着键盘：“不大不小，刚刚好。”

“嘿嘿，*+ ＿+* 能告诉我真名吗？”

“如果我告诉你真名，ˋ︿ˊ我还要网名来干吗？”她这句话明显夹杂着嘲讽，可惜对方似乎没有感觉到，依然继续问道：“你很可爱喔！^_^是不是美女？”

她开始觉得无趣了，她一向讨厌以貌取人的人。她有点生气：“@(一-一)你不是说我可爱的吗？干吗还问我是不是美女，>.<我都没有管你是帅哥还是猪八戒，你问那么多干吗，神经病啊？”迅速按了回复后，她关上了QQ。

她现在心情糟透了，输入了学校BBS的网址，决定去那里转换一下情绪。

“尹香君”三个斗大的字出现在屏幕上，金秀真眨眨眼，再仔细看下去：尹香君不要脸，癞蛤蟆想吃天鹅肉。

—_—#癞蛤蟆？这是什么狗屁比喻？还有这题目是不是写反了，应该是一朵鲜花插在牛粪上才对吧？

再往下拉，满版都是在讨论这件事的帖。

八卦话题一向为人们所爱，一有风吹草动，马上传得人尽皆知，这件事也不例外，才发生不久，在BBS上就已经像炸开了锅似的闹得沸沸扬扬。—_—b

她移动着鼠标，最后定格在一张点击率颇高的帖子上。

火！姐妹们，今天尹香君对我们心爱的达夫干了些什么，相信大家也知道吧！

大家要站起来，抄起你们手上的家伙，T^T为达夫而战，一起抵抗尹香君这不要脸的！

BY一只愤怒的小鱼

金秀真一脸黑线，-_-看这只小鱼火气那么大，现在八成变成了红烧鱼。:p

顶！狂顶！我们都被她骗了，平时在学校扮清高，没想到她那么会耍手段！

BY丑丑脸红了~_~

耍手段？香君会耍手段的话，今天在BLUE高中就不会发生这种事，你们更不可能在这里对她品头论足。那个叫丑丑的，脸那么红还是赶紧去医院挂个号吧！－_－^

楼上的，这就是所谓知人口面不知心。我们要吸取这次的教训，不要再上当了。哼，还有朴素妍也抢走了四天鹅中的毅天，可恨啊 ~~555~~>_<~~555~ 人家的毅天啊 ~~~~

BY失去毅天的小狗

小狗，你乖乖地当你的狗就好了，人类的事，你管那么多干吗？－_－b

同意！>_<我们明天开始，要孤立她们！还有金秀真，她们三个是一伙的！

BY人见人爱的小可爱

金秀真对着电脑屏幕猛翻白眼，+_+怎么又扯上她了，抢你们四只天鹅的又不是她，她可是最冤枉的，啥事也没干！

拍砖！拍砖！我们要给点颜色她们看！^^v

BY好兴奋的小可可

怒视着这张帖，T^T金秀真可以断定那个叫小可爱和小可可的明显就是一家。千万不要让她知道她们是谁！不然就会多几个冤魂到阎罗殿里争饭吃了。

看到这里，金秀真关上BBS，下线。她自认修养还不到家，再往下看，她怕会控制不住自己拿砖头砸电脑！.\\/.

第六章 他的表白

人如果走霉运的话，就会发生她目前这样的情形……⊙　⊙

金秀真踮起脚尖，躲在校门口的大树后面，凉风飕飕，她鼻子动了动，嗅不出异样。周遭来来回回上学的学生也没有哪一个特别注意她。+_+

嗯，可能是她太多心了，^_^毕竟她是三个中最无辜的！

她这样想着，前脚才刚安全踏进门槛，后脚就踩到了香蕉皮。还来不及惊呼，整个人就向前一滑，来个180度大倾斜，砰！狠狠地跌了一跤！~~>_<~~

吃了一脸灰，她缓缓地抬头，差点昏倒。还没缓过劲，天上又掉下了一堆汽水罐……咚咚咚！纷纷打在她身上，清脆悦耳！-____-”

“好…::>_<::…好痛喔！T_T~5555”金秀真像个老太婆似的半弓着腰，撑着刚捡来的树枝一拐一拐地拐到教室。

女人的嫉妒心果然不能小觑，怪不得字典里嫉妒二字都用女字旁。~~>_<~~

“HI，⊙﹏⊙EVERY BODY早上好！”朴素妍心情愉悦又蹦又跳，如往常一样，甫进教室就对大家打招呼。突然一阵寒意在她的血管里乱窜，她环视了一下周围的气氛，摸了摸发冷的手臂，转头去找金秀真。^o^

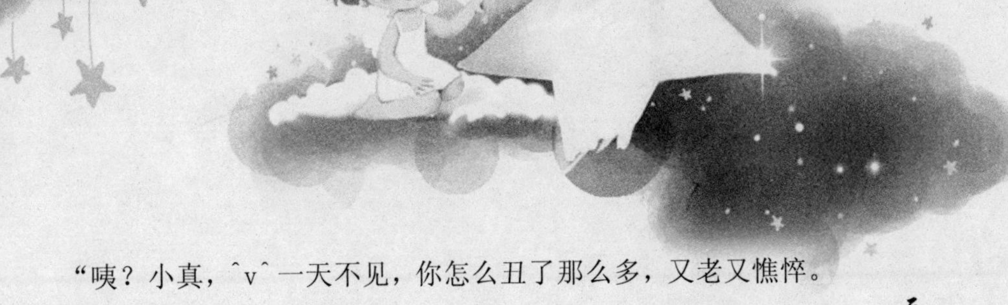

“咦？小真，^v^一天不见，你怎么丑了那么多，又老又憔悴。*o*”

金秀真紧瞅着她，-_-这死丫头究竟是哪一国的？于是不甘示弱地反驳：“一天不见，怎么你说的话还是跟大便一样臭。”__.,__

朴素妍自讨没趣地摸摸鼻子，嘟起了小嘴。这时，尹香君也走进了教室，她也一如既往径直回到座位，静静地翻阅着课本。即使发生了昨天的事，对她好像也没有多大影响。

金秀真仔细地端详着她们两个，心中直呼：不公平，为什么这两个凶手毫发无损，而她却被弄得狼狈不堪。~~>_<~~

过一会，朴素妍为她作出了解答。

“小真啊，有一条关于你的新闻^v^。”

金秀真伸出手摸摸她的额头：“很正常啊！=_=你没发烧。”她不是什么风云人物，怎么可能有新闻。

朴素妍拍掉她的手：“哎哟，我当然没事啦！”随后一脸羡慕、一脸嫉妒、一脸幸灾乐祸，…>__<…“你先告诉我，今天从哪个校门进来的？”

金秀真睨她一眼，没好气地回答：“>_<后门啊，你有P就快放，别扭扭捏捏的。”

朴素妍耸耸肩，故作神秘，靠近她的耳畔轻声说：“^-^姜英尚在正门对你进行爱的告白。”

“>o<什么？！”金秀真大叫，又用更高的分贝，拍案而

起，“他抽风啊？！”T^T

倏地她感到一阵敌意，下意识地回过头，发现所有人的目光都落在她身上，金秀真不好意思地看着他们，坐回座位，揪着朴素妍的衣领，压低音量说：“他究竟干了些什么？>o<你给我说清楚！”

“嘿嘿，~^o^~ 你求我吧。”朴素妍扬起头道。

金秀真用手环住她的脖子：“别给你点阳光就灿烂啊！~_~”

朴素妍干咳几声:p，举起双手做谄媚的投降状：“放手，我告诉你就是了。”

“今天有人在我们学校正门贴了一张红色公告，吸引了所有路过的人，我当然也凑上去看啊。”朴素妍顿了顿，突然兴奋莫名地扯着金秀真的衣袖，“你知道吗，(^-^) 那人写的字可漂亮了。”

金秀真抽回衣袖，一脸不耐烦：“说重点。”

“知道知道。”朴素妍摆摆手，示意她不要那么着急，继续兴奋地说，“#^_^# 本来我不想说的，但现在我说啦！内容是几条很有趣的公式。”她找了一张白纸，在上面写了几行字：

金秀真＋姜英尚＝力量　　金秀真－姜英尚＝悲伤

金秀真×姜英尚＝爱情　　金秀真 / 姜英尚＝死去

“不错，-.- 挺有创意的。”金秀真微扬唇。

“你也这么觉得啊，*ˆ@ˆ*很浪漫喔！”

“浪漫？╯__╰浪漫你个头！”金秀真点了一下她的头，把那张纸撕成碎条。

这个王八蛋！要是杀人能不犯法、不坐牢的话，那么在她看来姜英尚早就完蛋了！

最后一节课的铃声在学生们盼星星盼月亮的情况下终于响起了。当然也有极少数人不是企盼者，例如，金秀真和朴素妍就是极少数中的少数，她们巴不得时间永远就那样停止，也不愿意面对那个脏兮兮的厕所。\(╯-╰)/

砰！

打开厕所门，一种恶心巴啦的气味熏晕了她们三个，怔怔地眨巴着双眼@_@，谁也不肯再挪动一步。

金秀真关上门，扭过头大口大口地喘息着-_-，另两人也是一样的动作。

“>_<我们还要进去不？”金秀真问。

尹香君扫了她一眼：“不进去的话，→_→明天我们不知道会死在哪个水沟里。”

金秀真讪笑：“ˆvˆ哈哈，被丢进水渠里倒不至于，只是那群孤立我们的人，会绞尽脑汁让我们在厕所里臭死，你们说是不？”

=_= 尹香君没再理她，想着下一步该怎么做。朴素妍却挤了过来：“什么什么？你们在说什么？”o_o???

“去去去，ˇ︿ˇ 这里不需要傻瓜说话。”金秀真推开她。

“金秀真，~>_<~ 我要弄断你的手指。”朴素妍发狠地说。

ˆoˆ “你要是有本事重新给我接上，你就弄断试试吧！”金秀真伸出了手。

－_－b 尹香君送她们一人一个白眼，然后抽出纸巾，撕开两边，卷成两团分别塞在鼻孔里，然后张开口一个深呼吸，重新打开门，率先走了进去。

金秀真和朴素妍磨菇了半天，也学着尹香君那样翻出纸巾塞住鼻孔，鼓起勇气跟在其后。

呕~~~ 厕所不愧是厕所，果然够臭、够脏、够恶心。她们三人难得有一致的默契，紧闭嘴巴不说话，拿起工具，牙关一咬，使出浑身力气。

刷刷刷！拼命刷！用力刷！使劲刷！－_－#

晚上。

“叮当——叮当——叮当”

门铃响个不停，金秀真从浴室走出来，来不及穿鞋就跑去开门。

“谁啊！∩_∩”她猛地将门拉开。

“嗨！ˆ_ˆ”一张俊朗的笑脸。

金秀真愣了一下，马上条件反射地把门关上，姜英尚似乎早料到她会有此一举，先她一步伸出手和脚卡在门边。

她怎么使劲也关不上门，气恼了：“>_<喂，立刻把你的猪蹄给我缩回去！”

姜英尚没有听她的，依然笑嘻嘻地顶着门。

“>o<你这个变态来我家干吗？还嫌害我不够惨啊？”金秀真怒视着他。

他坏坏地笑道：“ˆoˆ 老公来老婆家是天经地义，反之，老婆服侍老公也是人之常情。”

她扫他一眼，不屑地说：“－_－ 我听你在放 P 。”

“NONO！P 是用来闻的，不是听的。”他摇晃着手指，一副“你错了”的表情。ˆˆ v

金秀真彻底怒了，冲他吼道：“TˆT 你给我滚！”

哎呀，看来真的把小白兔惹怒了！姜英尚看了看腕表，敛起笑容，正色道：“－.－ 其实我是专门来接你的。”说罢就用身子去顶门。另一边，金秀真被突如其来的冲力弹在地上。

哗~~痛！可恶！这家伙一点也不懂得怜香惜玉。~~>_<~~

姜英尚优哉游哉地走了进来，敲了敲门板，啧啧摇头：“这样不行啊，门太不结实了。”然后，对着金秀真露出一个奸计得逞的笑容。*ˆ____ˆ*

她忍着痛从地上跳起来，指着他骂：">_<混蛋！坏蛋！笨蛋！鸭蛋！鸡蛋！王八蛋！"

闻言，姜英尚忍不住轻笑出声，他抓住她的手腕，将她拉向自己。

金秀真心里突然产生了一种强烈的悸动，两手抵在他的胸膛前："喂，你…+_+…你干…?_?…吗啊，我…-.-…会喊非……礼的。"此时她才发现自己也有大舌头的时候。

姜英尚伸手敲了一下她的头："做人要有自知之明，-_-想要人非礼也要先看看自己有没有那个姿色。"

">o<姜英尚！"

"嘘，别吵了。"姜英尚用手指按住她的唇，她有点迷茫了，接着一双大手搂着她的腰，一使劲把她整个人扛在肩上。

"0_0啊！你在干吗？"金秀真惊呼，他此举让她始料未及，她慌得手脚乱打乱踢，"放我下来啊！"

"行，等我们去到目的地的时候，我自然会放。"他扛着她走了出去，顺带用脚把门关上。

"姓姜的，我铁定会去告你拐带未成年少女。"她在他肩上威胁道。

"无妨，我等你的律师信。"他不以为然。^_^

"可恶！神经病！我没有穿鞋啦！~~>_<~~！555555~"

KTV包房里，众人一副饶有兴味的样子看着金秀真，⊙ ⊙确切地说，是盯着她赤裸的脚丫子。

金秀真恶狠狠地逐一回瞪他们，脚丫子放在哪儿都觉得不自在。

“你们看够了没？”

“没。”众人一致回答。

金秀真翻白眼：“那你们继续吧。”@_@

达夫一只手玩弄着钥匙圈，另一只手搂住姜英尚的肩膀讥笑道：“哎呀，没想到啊，叫你去接个人，你居然是这样接回来的，真让我们吃惊。”

姜英尚拿起酒杯咂了一口酒，笑道：“要不要安排一次机会给你也尝试一下？”他别有所指。

“朋友妻不可戏啊，我可不敢把念头动在金秀真身上。”达夫刻意曲解姜英尚的意思。

姜英尚直截了当：“我指的是尹香君。”

咚！钥匙圈掉落在地。

达夫皱起了眉。

姜英尚弯腰帮他捡回钥匙圈，扔给他：“-_- 有些事情不要那么固执，看你把钥匙圈经常带在身边，我们做兄弟的就知道你在想什么了。”

静静地凝视着握在掌心的钥匙圈，达夫本就深邃的双眸更显

黝黑了。

看着陷入沉思的达夫，姜英尚知道自己的目的达到了。他站了起来，坐到金秀真旁边。他觉得跟她在一起，总是有一股自然，舒畅的感觉。*^_^*

“真~~没想到你那么前卫，连鞋也不穿就出来了。”朴素妍水眸炯炯发亮，眼中满是崇拜的小星星，不知道什么时候，她也能学到不穿鞋上街。(¨o¨)

一条又一条黑线爬上金秀真白皙的脸蛋：“=_=小妍，我是被迫的。”

“真，你是我偶像！~” (^-^)

金秀真青筋暴起，再一次郑重声明：“>o<我是被迫的！”

被她一吼，朴素妍委屈得低下头：“人家知道了，你不要那么凶嘛。”然后挤出两滴泪花，钻进池毅天的怀里。T_T

池毅天心疼地安抚着怀中的人儿，瞪了金秀真一眼，对着姜英尚厉声喝道：“好好管教你老婆。”

“是是是，失礼了，小的教妻无方，还望大爷原谅。”姜英尚拼命点头，他揉了揉金秀真的头发，“看吧，给你英俊潇洒、气宇不凡的老公丢脸了。”

呕~~~金秀真拼命克制自己想吐的冲动。-_-

这时，外面起了一阵骚动。

“咦？外面好像很热闹啊？”朴素妍自池毅天的怀里扬起

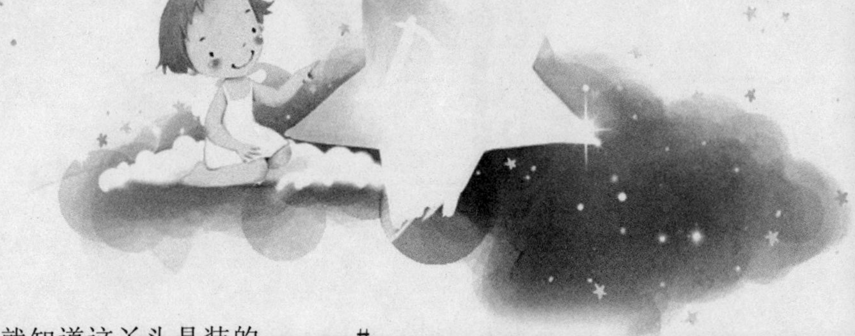

头，金秀真就知道这丫头是装的－_－#。

池毅天亲了一下朴素妍的粉颊：“想出去看看吗？”

“^o^ 嗯，走。”朴素妍拉起池毅天的手出去了。

金秀真羡慕地看着他们远去的背影，她也很想出去插一脚啊，可是……她低下头，她没穿鞋啊，55555~~~>_<~~

“怎么了？你也想出去吗？”姜英尚的声音在她耳边轻柔地响起。—.，—

金秀真嘟着嘴，十分不悦地说：“~_~ 是又怎么样，你认为我现在这个样子能出得去吗？”

姜英尚戳了戳她鼓起的双颊：“在生我气吗？=_=^”

“我哪敢啊 T^T。”金秀真赌气，别过脸不看他，嘟哝道。

他看着她孩子气的模样，扳回她的脸：“要不我抱你出去看吧？”^_^

她不可思议地睁大双眸，立刻拒绝道：“不要！”开什么玩笑，那样不就更引人注意了吗？他是嫌她闹出来的笑话还不够多啊。

姜英尚耸耸肩，拿她一点办法也没有了。

“有人来了。”一直闷不哼声捧着手机发短信的权正勋突然说道，同时，门被人狠狠地踹开了，进来一伙人。

姜英尚眼底划过一丝嘲讽的光芒，他酷酷地说：“有什么事吗？”

一个小混混握着手上的小刀，放到嘴里来回舔了舔："老大说，上次承蒙你们'照顾'了我们的兄弟，这次要我们特地登门'道谢'的。"

—_—ˆ上次？不会又要打架吧？！金秀真头皮发麻，>o<拜托她今晚可是没穿鞋啊，逃起来不方便。

姜英尚看了一眼金秀真，站了起来，挡在她前面，挽起了衣袖。达夫和权正勋也站了起来，一副准备干架的姿态。

天啊，饶了她吧，她只想回家睡觉。~~>_<~~

第七章 心跳的感觉

这算什么跟什么嘛？！-_-

“白板！”

“一条！”

“六筒！”

“和！”

这群臭小子刚刚不是才摩拳擦掌准备要打起来的吗？怎么现在变成了打麻将？是她跟不上潮流了，抑或是地球转得实在太快了？金秀真感到非常困惑。=_=

“金秀真，过来帮我摸一张牌。”

“T ˆ T 凭什么啊？”金秀真两条柳眉倒立竖起。

姜英尚嘴里叼着烟，头也不回，继续打他的牌，扔出了一句令金秀真不能抗拒的话：“那你是不是打算一辈子留在这里，不回家了？ˆ v ˆ”

金秀真望了望自己赤裸的脚丫子，扁了扁嘴，心里暗想：你最好不要有把柄落在我手上，不然就……哼哼！<@_@>

ˆoˆ她冲着他的背部挤眉弄眼，做了个鬼脸，然后伸出手摸牌。

姜英尚看到牌后不断摇头：“啧啧啧！怎么比我摸的还要垃圾。不用你了，退下吧。”

金秀真恶狠狠地瞪他一眼 o_o，一肚子闷气没地方发泄，走

过去抢走了一个小混混手里的麦克风，高声狂唱起来：“我们是妖怪人类，我家住在黑暗世界~~~啦啦啦！<@_@>！”

“拜托！不要再唱了，你的怪歌正在试图强奸我的耳朵，影响我胜利的情绪。”达夫很难受地把耳朵堵住了。

怪歌？这家伙真是一点音乐细胞也没有。

她这可是天籁之音啊！天籁之音！当然她还没有厚脸皮到把这话说出口。

鉴于尹香君的关系，金秀真对他没什么好感，就这样唱了一晚的“怪歌”，而达夫像是要应验他所说的话，输了一晚的牌。*^_____^*

哈哈哈，真是大快人心啊！也算是帮香君给这个臭小子一个惩罚了。

清晨的第一缕阳光穿过明净的玻璃窗洒落在屋里每一个角落。

第一次从男生的怀里醒来，金秀真显得相当平静，没有预期中的惶恐与尖叫。也就是因为她没尖叫，所以抱着她睡了一晚的猪头，发出了不满的抗议：“金秀真，一 一+你就不能尖叫一声，表现一下女孩子的矜持吗？”

@_@金秀真白了他一眼，径直从地板上跳起来，揉了揉酸痛的肩膀：“ 神经病，害我睡地板还想要我尖叫？你个变态！”

姜英尚也站起来舒展僵硬的四肢，看着她：“>”<|| 你讲点

道理好不好？你以为我喜欢睡地板啊，要不是因为你太重了，害得我昨晚背你到这里时腰杆就‘嘎吱’一声宣告罢工，我们哪会倒在地上睡了一晚的？！”~。~

金秀真倒了一杯牛奶，悻悻地说：“>o<不知道昨晚是谁害我没穿鞋就把我拉出去的？”

姜英尚赶紧高举双手投降，女人还真是爱斤斤计较。他摸了摸肚皮，有点饿了，于是打开冰箱，又大声嚷道：“>o<你家冰箱是买来摆着好看的啊？里面什么也没有，连插头也没插。”

正仰直脖子喝牛奶的金秀真斜睨他一眼，暗忖：>_<行！谁叫她家穷！她忍！王八蛋！

姜英尚皱了皱鼻子，突然打了个喷嚏，他眯起眼睛直勾勾地盯着金秀真：“x__x 你是不是在心里咒骂我？”说着便又打了个，“阿嚏！”

金秀真心虚地把头仰得更高。—_—# 看来白天不能说人，晚上不能说鬼，还真有点道理。

见金秀真丝毫不理会他，姜英尚相当不爽，走过去一把夺过她的牛奶，径直往肚子里灌：“啊！好喝。”*^_^*

金秀真杏目圆睁，指着他直跺脚：“>_<不要脸，喝人家的口水。”

“～ o ～请问你的口水一斤能值几个钱？”他嗤笑一声。

“姜英尚！警告你不要用钱来砸我！T^T！”

“现在身上没钱，改天再拿来砸你吧！”

“>o<…杀了你…”

他笑了笑，掐掐她的小鼻子：“别闹脾气了，我们今天还要去上学的。”__.，__

她拍打他的手：“迟到了！也是你害的。”

他牵起了她的小手，眼里满是深情：“放心，在这个世界上我最不愿意去伤害的人就是你。”^^v

她定定地望着他。心咚咚咚地飞快地跳着。*^︿^*不知为何，停不下来了…*>.<*…

啊！要死了，~w_w~这样跳法都不知道会不会跳出什么稀奇古怪的毛病来？

“>o<可恶！让我进去！听见没有，让我进去。”金秀真气愤地踹着那爬满了铁锈的校门。

只见站在她旁边的姜英尚打着哈欠，懒懒地说：“－0－吵死了。”

“你少说风凉话，都是你害的。”她冲他吼道。说什么在这个世界上他最不愿意去伤害的人就是她？呸！都是屁话。

他姜英尚可不是笨蛋，早已做好了防备工作，把耳朵捂得紧紧的。－_－^

“我不是故意的。”

"是喔，把手表带反了，将9点看成6点，害我现在连校门也进不了！~~>_<~~"她真不敢相信，他居然也会有那么糊涂的时候，而更气人的是，他犯这个糊涂的时候，偏偏还要扯上她。~~>_<~~

克星！克星！姜英尚铁定是她金秀真的扫帚星！

他换上一副哭丧脸，挨近她，像个做错事的小孩般拉拉她的袖子："不要生气嘛，会长皱纹的。"-_-

"放开。"她甩开他的手。

他再挨近她："笑一个啦。"^v^

"放开。"她依然没有任何表情。

他也不是省油的灯，继续粘着她："-_-干脆将错就错，我们现在去吃大餐，如何？"

她斜睨他："是不是你付钱？"：p

"嗯。"他使劲点头。一_一b

"是不是吃什么都可以？"

"嗯。"

"是不是吃最贵的？"

"呃…一_一#…嗯。"她大概不会把他吃垮吧？即使是，他也只能认命了。

"嘿嘿，那还愣在这里干吗？快走。"

一朵灿烂笑靥绽开，她主动挽起他的手臂，迫不及待地想去

大吃一顿。

姜英尚任她拉着走，凝视着她，感觉胸口有一种温暖的感觉暖暖地荡漾开来。他说不清那是怎么样的感觉，有点暖和，有点甜蜜，也有点窝心。=^_^=

金秀真踏着轻快的脚步，走到一间名叫“天使TED”的店牌前，回头向姜英尚招招手，率先推门进去。挂在门上的风铃叮叮当当地响了。

WAITER走了过来，挂着职业性的微笑问道：“小姐，有位置了吗？”

金秀真回以一笑：“我自己找就可以了。^_^”

风铃声再次响起，进来的是姜英尚。

“>_< 哎呀，你怎么那么慢，快点快点。”

姜英尚好笑地走向坐在落地玻璃窗旁的金秀真。她真有那么穷吗？吃一次大餐居然就能令她这么兴奋。

“好了，怎么样，想到要吃什么了吗？”

金秀真翻阅着MENU，心想：要找最贵的，最贵的！吃到他倾家荡产，嘿嘿！^^v

她翻了一页又一页，哎呀，很难抉择啊，这里每一样都不便宜啊。她揉了揉眉心，干脆地说：“把这里最贵的全拿来。(^o^)”

“啊？”WAITER愣了一下，望向姜英尚。

姜英尚很是慷慨：“照做吧。”只要她不发脾气就万事大吉了，他在心里暗自补上一句。

不一会儿，食物香喷喷的味道，自远及近传进了金秀真的鼻子里，她的肚子很配合地发出了敲锣的声音。=_=ˆ

一盘又一盘的食物呈现在眼前，金秀真的口水早已泛滥，姜英尚无奈地摇摇头，递过来一张纸巾，忍无可忍地说道：“把你的口水擦擦吧，没形象了。”－ _ －b

金秀真接过纸巾，擦了擦，但擦的不是嘴而是手。

形象？她抓起桌上的意大利薄饼，想也没想就送进嘴里。

要形象干什么？她这辈子都没吃过这么好的，何必跟自己的肚子过不去ˆvˆ。

看到她这种吃相，姜英尚先是一愣，随即笑了出来：“ˆ_ˆ你不要告诉我，你是饿死鬼投胎来的。”

“嗯。”她应一声，继续埋头大快朵颐。其实她以前也有怀疑过，-_-只是她现在没空说，也没必要说，美食当前，谁理你啊。

姜英尚静静地看了她好一会儿，也拿起桌上的刀叉开动了。他决定也学她一样，什么事都先抛去爪哇国，现在最重要的是——填肚子。__.,__

姜英尚的优雅与金秀真的狼吞虎咽不知不觉形成了餐厅里一

道引人注目的风景线。

好奇之心人人皆有，大家无不在猜测他们的关系。

同学？

兄妹？

朋友？

……

如果是情侣的话，那就是一对怪异的组合了。这是众人的想法。

“撑死了……^o^”金秀真舔了舔唇，打了一个满足的饱嗝，手拍着微凸的肚皮——好幸福喔！人生莫过于此。呵呵 ~*^____^*

姜英尚擦拭着嘴角，贼贼地一笑，打开话匣子：“我今天不是说过一句话吗？”

“*o* 什么话啊？”金秀真仍然漂浮在幸福的肥皂泡中。

“我、身、上、没、钱。”姜英尚凑在她耳边字字清晰地说。

砰！幸福的肥皂泡破碎了。金秀真错愕地望着他，皮笑肉不笑：“0_0 这笑话一点也不好笑！”

姜英尚摊开手：“我没开玩笑啊！”

她怔怔地眨眼，不知所措地说：“T_T 那……那怎……么办？现在怎么办？”5555。~~>_<~~ 她怎么就这么倒霉啊，前一刻才欢欢喜喜吃大餐，后一刻就意识到自己吃了霸王餐。

他突然一拍手：“不怕，我有办法了^v^。”

“什么，什么办法？”

“听说这里可以贩卖人口，嘿嘿！把你卖了不就行了？”^^v

她傻眼了，越过桌子，掐住他的脖子：“>_<姜英尚！你的良心被狗啃了，是不？怎么可以说出这种话？”

这时，一群WAITER快步跑来，拉开了金秀真，转向姜英尚，叫道：“少爷，少爷你没事吧？”

啥？少爷？姜英尚？不是吧。

“T^T你耍我！”她气急败坏地指着气息未定的他。

“咳！是。”姜英尚稍微缓和气息，倒是承认得很干脆。

“你……”她恨恨地跺脚，转身离去。

他知道她生气了，慌忙推开围着他身边的人，拦着她。

“哎呀，你怎么又生气了？”

她别过脸，不理他。

他叹了一口气，弯下身：“对不起，我错了。”

“>o<如果道歉有用的话，那要警察来干吗？”她盗用《流星花园》里道大帅哥的话。

“^_^嗯，这个问题提得不错，值得思考。”他痞痞地抚着下巴，煞有介事地说。

“去死啦！”她举起书包砸他。-_-

他一侧身，避开了，反握住她的手，轻柔地说：“不要生我气了，好不好？我只是逗你玩而已，不是故意的。”

她丝毫不为所动。T^T

他只好出绝招了：“－_－# 这样吧，为了弥补我的罪过，你连续一年的伙食都算我的，OK？”

她一听，耳朵竖了起来，头顶冒出一个小金秀真，手中正挥舞着彩球，踢着小腿，大声欢呼：HAPPY！HAPPY！哈哈，捡到了一只镶金的猪。(^o^)

姜英尚仿佛也看到了那个神情自得的小金秀真，他沮丧地一拍脑袋：“认栽了。”

第八章 爱她上了瘾

晚饭后，姜英尚不知从哪里弄来了一辆脚踏车，说是要带她去兜兜风，顺便把她脑袋里那些不干不净的垃圾“呼”一声全吹走。~_~

金秀真挑了挑眉，也没多说什么就跳上了车。=_=

手圈着他的腰，她侧身坐在后座，脸贴着他的背，怦！怦！怦！传来均匀的心跳声。她蓦地笑了。^v^

“喂，你不要笑得那么恐怖，会影响我开车的。”晚风带着他低沉的声音拂过。

她揶揄他：“=_=^ 切，这算什么车嘛，姜英尚你也太逊了，家里那么有钱，为什么就不开跑车或摩托车载我？”

“是啊，我后悔了。我现在才意识到后面载的是一头大肥猪，我应该连脚踏车也省下来，要你用脚走，好让你减肥……啊！”

她狠狠地在他腰上捏了一记：“哼，这是警告你，说话要小心。”扬了扬鼻子，“得罪女人的下场可是很惨的。”

“最毒妇人心 ~~>_<~~。”

“错，我不是妇人。应该说女人与小人难养也 ^_^。”她摇头晃脑地纠正他。

他听着，想到了一个有趣的问题：“那么女人与小人哪一

种比较难搞？”

“-_- 你比较难搞。”她看着一排排一闪而过的路灯，脱口而出。

“冤枉啊！你那样说真伤我心。”他做捧心状，两手离开了车架。

车头摇摇晃晃，吓得她尖叫连连：“>o<啊啊啊！姜英尚！你要谋杀啊，好好开你的车。”

他妥协地把手放回车架上，调侃道：“你的老鼠胆也太小了。”

她义正词严地驳斥：“我这是为我的安全着想，和我的胆无关。你想拿自己的生命冒险，我可没有义务陪你，我还想活着回去见我的爸妈。”

“喔，懂了，原来是因为你对我的技术不信任。”他抿起笑意，提议，“要不要我表演几招花式骑车给你瞧瞧？”

“—_—# 免了吧，我心脏不好，受不了惊吓。”她捶打他的背，“你别说话了，好不好？专心骑你的车。”

他霸道地说：“不，我要多说一句。”

“那就快。”她不耐烦地挑眉，这男人怎么那么婆婆妈妈。+_+

“圣诞节当晚，我们学校会举办舞会，到时候记得穿漂亮点哦。”

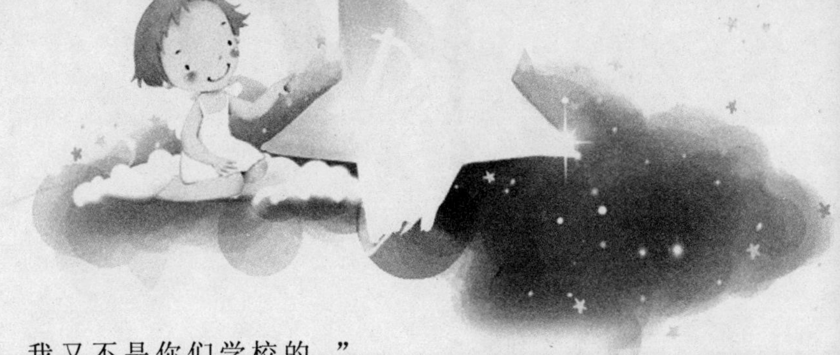

“神经病，我又不是你们学校的。”

“只要有邀请卡就可以参加，我会给你。”

“不要！不要！我打死也不会去的，你别妄想了。”她大声嚷道。

“无妨，我不介意再去扛你来。”他坏坏地威胁，“这次我不但不让你穿鞋，还要扒光你的衣服。”*ˆ____ˆ*

“可恶！大色狼…~~>_<~~…”她屈服于他的淫威下，“555~~我去就是啦。”

“乖。”

“你别说话了，讨厌死了。”

他得意地笑了。糟糕，他发现自己对她的宠溺有上瘾的倾向，那种感觉似迷幻药一点一滴地渗入他的血液。

虽然离圣诞节还有好几天，可是在繁华的都市里却洋溢着很浓的圣诞气氛，到处放着轻快的圣诞歌，布满了圣诞花，玻璃墙上都喷上了跟圣诞节有关的文字和图案。因此，金秀真、朴素妍还有尹香君利用周末的空闲穿梭在大小不一的商店里，购买各式各样的圣诞礼物。

>_<女人最苦恼的是不知道该选什么礼物送给自己喜欢的男人！

朴素妍懊恼着，挑了一个布娃娃，问道：“你们觉得这

个怎么样？”

一个大男人玩布娃娃？想到就觉得可笑。=_=ˆ

“难、看。”金秀真和尹香君同声同气地回答。

朴素妍撇了撇嘴，放下布娃娃，又跑到另一个货架上，拿起一个水晶球：“>o<这个呢？”

她们又动作一致地摇头：“不好。”

“那送相框如何？”

“一_一ˆ 没新意。”

“那围裙呢？”

“神经病。一_一ˆ”

金秀真终于受不了，提议道：“我劝你什么也不用送了，这些女孩子的东西他一样也用不着。”

“真的吗？”朴素妍质疑地看着她，又望向尹香君想征求她的意见。

手中握着一堆款式精致的钥匙圈，尹香君冷冷瞥她一眼：“我没意见。”

“我总不能两手空空，什么也不表示吧？”朴素妍扯扯嘴，又绕了一圈货架，突然停下，她兴奋地叫道，“有了，就是这个(ˆ-ˆ)。”

蹙了蹙眉，金秀真好奇地凑过头：“毛线？”

朴素妍颔首，眼睛一亮，编织着美丽的梦：“没错，我

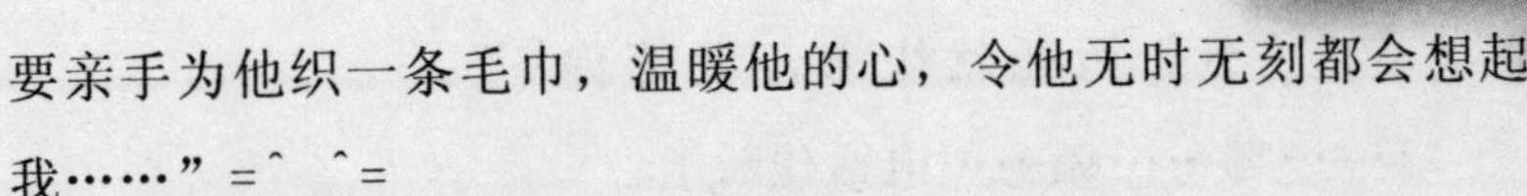

要亲手为他织一条毛巾，温暖他的心，令他无时无刻都会想起我……”=^_^=

“…—_—b…”

金秀真只觉自己的脑袋上挂了一颗超大的汗珠。

这时，她的手机响了，依然是那段恼人的铃声：“猪，有电话啊！猪，快听电话啊！猪，再不听电话以后就嫁不出去了！”=_=

她惊跳了一下，神情难堪地用眼角余光环视了一下店里的人，迅速从裤袋里抽出手机，看了来电显示，按了接听。

她走到一个角落，将手挡在唇边，不让任何人听到，劈头就一句：“>o<我快饿死了。”

手机里头传来姜英尚温柔的笑声：“事实证明你还活得很好，看来我还是太早打电话来了。”

“…—_—#…”

“布置圣诞晚会的工作快完成了，你现在来学校找我吧！”纤细的玉指把玩着及肩的发丝，金秀真扁了扁嘴：“为什么不是你来接我？”语气中不经意流露出小女孩的娇嗔。

姜英尚笑意更浓：“你这是在向我撒娇吗？”

绯红爬上俏脸，掩饰不了心里的悸动，金秀真扯开喉咙大喊：“>_<做你的大头梦去！”

“需要那么激动吗？我耳朵都快被你震聋了。”他掏了掏耳

朵，道，“不想饿死就快来，我等你。”

嘟……嘟……嘟……电话挂断了。

“…T＾T…”

呃……她还是来了。一＿一#

抬头望着漂亮气派的校园大门，来回踱步，金秀真犹豫着要不要进去。

不进去嘛，她待在外面也没事干，只能当雕像供人欣赏。

进去嘛，人生路不熟，里面范围那么大，找一个人谈何容易。

一个身材娇小的女孩自门内探出头，注意了金秀真好一会儿后，跑过去踮起脚尖从后面拍了一下她的肩。

金秀真转过头，俯身看着她：“＾o＾小妹妹，有事吗？”

女孩扬起粉颊，露出一个可爱的大笑脸：“你是一年级，对吧？”对金秀真俏皮地眨眼，“还有喔，不要叫我小妹妹。”她举出两根手指，“我比你大，是你的学姐，二年级的。崔娃娃。”*＾＿＾*

崔娃娃，一个很卡哇伊的名字，人如其名，尖细的脸庞，水汪汪的大眼睛，小巧可爱的鼻子，光滑的小下巴，惹人怜爱，讨人喜欢。

她接着说：“我等你很久了。”说罢，牵起金秀真的手，“跟我来吧。”

金秀真一头雾水。?_?

等她？

为什么要等她啊？

难道是姜英尚叫她来接她的吗？

哼哼，算那臭小子还有点良心。*^____^*

崔娃娃拽着金秀真，一路狂奔到一间面积极大的会议厅，她推开一扇门，又漾起一个甜甜的笑容：“就是这里。”

金秀真往里走，剪水秋瞳转了一圈。

女的！女的！每一个角落都挤满了雌性动物。

哈，她懂了，>_<难怪姜英尚说什么也不肯来接她，原来是泡在温柔乡里，根本不想跳出来。

色狼！色狼！大色狼！

肩膀又被拍了一下，拍她的人依然是崔娃娃，挂着众生无害的笑容，她说：“我们也要去帮忙搬椅子，把右边的搬去左边，把中间的搬去后面。”

搬椅子？金秀真瞠目结舌，她来找人，+_+干吗要帮忙干这种事？满脑子漂浮着大大的问号。

“快来啊。”崔娃娃向她招了招手，甜美的声音令人酥麻发软，无法抗拒。

5555，~~>_<~~罢了罢了，天晓得她是不是长了一张奴才相。

把一张张椅子搬去右边，又把右边的移到左边，中间的扔去后面。终于金秀真忍不住发难：“>o<都是椅子，为什么要那么麻烦？”

崔娃娃笑着解释道：“^_^你还没发现吗？这里每一张椅子的品牌、质感、价格都各不相同，这是用来显示每一个学生不同的身份地位的。”

汗，－_－b 这是什么臭八股观念。

一群纨绔子弟、败家千金整天就只会拼了命似的斗钱！斗地位！斗家势！学习算什么，有钱、有权、有势还怕会拿不到毕业证？！

想想他们穷人家的小孩，她不禁一把眼泪，一把鼻涕。T_T 朝六晚五埋头苦干，任劳任怨受老师的口水折磨，就是为了考试不吃鸡蛋，能对得起老爸老妈含辛茹苦赚回来的钱。

“喂，你们听说了吗？”旁边一MM突地抛出一个问题。

另一MM不解：“=_=什么？”

“T^T姜英尚传闻中的那个GF要来啊！”

“咦，真的吗？>o<你怎么知道？”一群MM来凑热闹。

“有人亲耳听到姜英尚说的。”

咚！椅子掉落在地上！

金秀真暗暗磨牙：-_-姜英尚！大变态！她要来，他用得着敲锣打鼓诏告天下吗？

“对喔，我还听说她是一个丑八怪！”＾◎＾

“＾＾还有啊，听见过她的人说她身材像个圆钉，身子胖胖的，脚尖细细的。”

这句话引来一阵哄笑。

其他MM也不甘示弱，众说纷纭：

“＾_＾听说她身上自小染了一种怪病。”

“＾o＾听说她脑袋有点问题。”

“＾ω＾听说是她巴着姜英尚不放的。”

……

哇，-_-这是什么世界，竟然会有这种天方夜谭发生。

听说！听说！什么都是道听途说！金秀真的脸皮抽搐。她丑，她胖，她有怪病，她有问题……好，很好，她如她们所愿照单全收。

她挽起衣袖，打算跟她们好好干一场。T＾T

众MM突然尖叫一声，像一只只凶猛的斗牛向她这边冲来。

哇咧！－_－#她什么事都还没做呢？魂魄被吓掉了一半，她本能地选择转身逃跑。

砰！砰！MM们追上她，甚至超过了她，她夹在中间时，被她们当成搓油饼左捏右挤。

脑袋晕乎乎的，眼冒金星，脚步也不稳，身体四处晃啊晃，她已经搞不清东南西北了。+_+

崔娃娃扶住摇摇欲坠的她：“还好吗？”

她摇头，她现在这样能好吗？

“>o<她们中邪了吗？怎么突然间集体发疯？”

“因为姜英尚来了。”崔娃娃轻声说。

“喔，他来了。”

什么？姜英尚？-.-金秀真甩了甩头，把眼睛里的星星全甩掉，景象逐渐清晰。

见到一群发情的小母猪围着姜英尚兜圈圈，金秀真的气就不打一处来。T^T

她大步流星走上前，拨开人群，亲昵地勾起姜英尚的手，眼角瞄着众MM的臭脸，笑得十分甜蜜，亲昵地唤了一声：“尚！”^^v

只听她一声甜腻的“尚”，姜英尚就知道金秀真又要搞怪了。—_—^不然以她平常的叫法，只会像叫他人般以“姜英尚”直称，或者是“变态、混蛋”之类的一大堆。

他反手握住她的手，不说话，静静地立于一旁看她表演。

“你们给我听着！”她气呼呼地冲她们吼起来，“这个男人我用过了，很好用，所以我决定自己留着用，你们要男人，就另外再去街上捡一个。”*^o^*//

他是捡来的？—_—^姜英尚错愕地看着她，但随即忍俊不禁，掐了掐她的脸颊：“真有你的！”

第九章 初吻哦

“?_?怎么回事，你已经笑了差不多一个晚上了，真有那么高兴吗？”金秀真大口大口咬着汉堡包。

“没错，我很高兴。”姜英尚偏头望着她，温柔的笑意在眼眸中流动。^v^

她别过脸，故意躲开。

“T^T 你也太小气了，高兴的时候就只请我吃汉堡包。”

他吸了一口可乐，说：“╯＿╰我很少吃这些的，就是因为心情好才来吃。”

“=_=^ 那我应该要让你天天心情不好。”她嚼着汉堡包，说话有点含糊不清。

他在她的头上敲了一下：“我心情不好的时候，你连汉堡包也没得啃 ^^v。”

这是什么意思？意味着什么吗？ +_+ 她侧头想了想，还是算了，管他的。

“大少爷，-_- 你还真难伺候啊！”

“我哪敢要我的小鱼服侍啊，应该是我伺候你。”说着，他便装模作样地帮她捶背，“舒服吗？”^_^”

“嗯，力道适中，还不错。”她很享受地说。*^____^*

“=^_^= 你那么享受，是不是要对我负起责任？”

“咳……咳……咳……咳。”她被他的话呛到了，“那个……我有对你做过什么吗？”

“当然有，你已经用过人家了嘛*^_^*。”他一副小女人的委屈模样。

恶心死了。“>o<我开玩笑的，你又不是不知道。”

“我是不知道。”他扬起满是奸诈的俊颜。*^____^*

“>o<你！”她微愠。这男人啊，性情真让人捉摸不透，时而冷酷、时而热情、时而温柔似水、时而又无赖透顶。翻脸比翻书还快，跟女人善变的速度比起来，是有过之而无不及。

“你该不会又生气了吧？”—_—^

“>_<我才没有生气。”她嘟嘴，逞强地否认。

“好，你没生气。”他决定顺着她的话说。

她瞥他一眼，气结了，干脆哇一声大叫起来：“>o<我是在生气，在生气！”

他吓了一跳，赶紧伸手捂住她的嘴：“—_—b是，我知道你在生气，我听得很清楚，你不用那么刻意强调。”

“可恶！可恶！⊙_⊙都是你！都是因为你！”她拉下他的手，控诉道。

“+_+是，是我不好，咱们吃薯条，不要吵了。”他哄道，随手抓了一堆薯条塞进她口里。

“好吃！”她吃得津津有味，还不忘哽咽两声，“呜~~

呜~~ T_T~~"

唉，女人，你的名字叫麻烦。

"圣诞节想要什么礼物？"他聪明地转移话题。

"o_o 你要送我？"她不太确定地看着他。*>__<*

他颔首，剑眉轻挑："有问题吗？"

"^_^ 没有，绝对没有，怎么可能会有。"她咯咯地笑，狮子大开口，"我想要翡翠，不过钻石也不错。嘿嘿，你看哪一种比较贵，送我就准没错了。^^v"

眉心打结，他问出了藏在心里很久的疑问："-_- 你家很穷吗？"

她迟疑了一下，随即微微一笑：":p 世上没有人嫌自己太多钱的。"

这笑过于苦涩了，他若有所思地看着她："ˇ︿ˇ 是什么事使你那么爱钱？我真的很想知道。"

又是回以一笑，她耸耸肩："是人就爱钱的吧，这个无需理由。$_$"

很明显她是有苦衷的，不过，他不会勉强她说，反正关于她的一切他都会有办法查出来。

"喂，我说啊，我们就不要钱来钱去了，没听说过谈钱会伤感情的吗？"

她泛着无辜的大眼睛，嘟哝着："明明就是你把话题绕到

‘钱’身上的。”顿了顿，她又追问道，“怎么样，你想好要送翡翠还是钻石给我了吗？ˆ_ˆ”

“钻石和翡翠。”他温和地一笑，顿了下，敛起笑容，“你今晚去问周公要吧。”

“=_= 小气鬼！姜英尚简直是个小气鬼。”

他瞟她一眼：“好。我小气，是吧？那么从明天起，你的伙食自己另做打算。”

“…~~>_<~~…55555，老大，我知错了。”

WE WISH YOU A MERRY CHRISTMAS！WE WISH YOU A MERRY CHRISTMAS！WE WISH YOU A MERRY CHRISTMAS！AND HAPPY NEW YEAR……悠扬的圣诞歌如溪水般缓缓流淌在每一个角落。

推开那扇华丽的大门，进入眼帘的是数十株被银星、缎带、彩球、饰品点缀得满满的翠绿的圣诞树。

挂在墙上一盏盏颜色各异的霓虹灯旋转着，一件件鲜艳夺目的礼服在舞会里闪耀，晃动。

唯独有三人是特别的、与众不同的。

“－_－ˆ 我们不应该来的。”金秀真后悔极了，她上身是皱巴巴的长袖衬衣，下身是补了好几个洞的喇叭裤，搭配异常怪异。

姜英尚笑话她：“乞、丐、服。”

一旁的朴素妍也忍不住讥笑金秀真，似乎忘记了她自己也

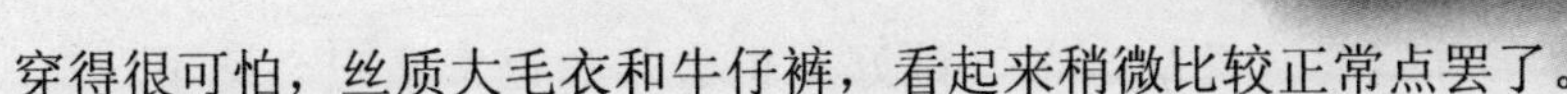

穿得很可怕，丝质大毛衣和牛仔裤，看起来稍微比较正常点罢了。

能称得上有看头的，就只有被她们一同拐来的尹香君了。一身虽朴素但不俗的连身窄裙，衬托了她凹凸有致的身段，显得落落大方，一头波浪卷发自然散落，加上冷艳的容颜，招惹了不少狂蜂浪蝶。

“⊙　⊙天啊，我现在才知道垃圾学校也出产美女。”权正勋看到尹香君后，呆了一下，夸张地说。

金秀真和朴素妍会心地对视一眼，笑着伸出手一人拧着权正勋一只耳朵，尖声道：“>o<你现在才知道有美女，那你一直当我们是什么？”

“~~>_<~~天啦！好痛啦！”权正勋惨叫起来，“啊啊……呀啊……呀……两位美女饶了我吧饶了我吧……奶奶……我错了……放手……好痛……”他痛得龇牙咧嘴，寻找救兵，“尚、天，你们老婆在谋杀啊！”

姜英尚笑笑，问旁边的池毅天：“你有听到什么声音吗？”

“没有啊。”池毅天嘴角溢满微笑，看着被弄得很惨的权正勋。

“你们…T^T…”权正勋气得牙痒痒，却见他们两人摆着一副“你自求多福，我们什么都没看到，什么都没听到”的模样。

“美女，救命啊！”权正勋转向尹香君求救，怎么说他也是因

为她才遭受这疼痛之苦，她好歹也会帮自己求情吧，殊不知自己这想法是多么的天真。

尹香君一脸漠然，不屑地睨他一眼，走到另一边去。

怎么会这样？这女的以为她是谁啊？

“她就是秘密粘了达夫将近三年的女孩尹香君。”姜英尚轻而易举地解除了他心中的疑惑，好心提示。

“0_0 不是吧？”权正勋吃惊地说，一时忘却了耳朵的痛楚，取而代之的是满腔的好奇心，“她一点也不像那种死缠烂打的女孩啊？”

“偏偏她就是，也用几年的行动证明了。”池毅天轻啜了一口香槟。

“这样啊，那…T_T…哎呀呀，好痛啊！”权正勋本来还想说什么，却突然感到耳朵疼痛不已，他可怜兮兮地说，“我这次可是没说错话啊，你们干吗还要加大力度荼毒我的耳朵。”

金秀真再使劲一拧，然后抛出一个很无耻的理由：“嘿嘿，^_^ 因为我们手痒。”

轻柔的乐声此起彼伏，悦耳的圣诞歌换成勾人心魄的舞曲。

男士们纷纷放下手中的酒杯，朝自己的舞伴伸出手。

“喂，o_o 你干吗？离我远一点。”

“少啰唆，快把你的爪子放上来。”

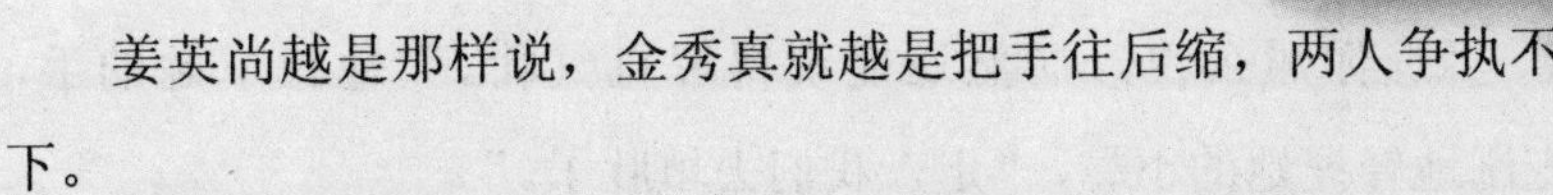

姜英尚越是那样说，金秀真就越是把手往后缩，两人争执不下。

“`o` 现场有很多女生乐意当你的舞伴，何必要执著于我。”

“`_´ 我只要你。”他说得云淡风清，她的耳根却一下红了起来，讷讷地说不出话来。

趁她发呆之际，他握起她的手，把她拉到舞池里。

“-_- 我真的不会跳舞。”她一手顺从地让他握着，另一手自然地揽着他的腰。

他带领着她在舞池里旋转着，埋首在她耳边低语：“我会教你。”

“-_- 我会踩到你的脚。”她依然不肯放弃，努力说服他。

他笑笑，见招拆招：“我肌肉结实，皮厚能挡子弹，小小痛楚算不了什么。”为了增加可信度，他展露他鼓起的手臂肌肉。

她被他逗笑了，拍了一下他的肌肉：“^v^ 嗯，不错，果然皮光肉滑，是上等的‘鸡’肉。”

说到肉字，她肚子里发出咕噜噜的声音。

“咦，这是什么声音？”他明知故问，直勾勾盯着她肚子。

“可恶！=^_^=”她用手蒙住他的眼睛，“我饿了。”

“饿还好意思叫那么大声。*^____^*”

“>_<这是生理反应，从医学度来说，证明我是正常的。”她羞红了脸，为自己辩驳。

“瞧你那么糗，居然还能说得理直气壮。”他拉下她的手，宠溺地轻捏她的小鼻，“走，我们去填肚子。”

好奇怪喔！那么多美食摆在一旁，为什么没有人要去动它呢？每个人都只会端着酒杯喝酒，不然就是去舞池跳舞，就说这些有钱人都是冤大头吧！真是笨死了。

金秀真拿着餐盘夹着食物，真想找几个袋子直接将它们打包回去了事。

“吃这么多，不怕胖吗？”姜英尚看她拿了满满的一盘食物，皱了皱眉头，女孩子不都是很注重身材的吗?

她耸耸肩，不太在意这问题:“^v^ 呵呵，我就是怕自己天生丽质，怎么吃也不胖。”

“HONEY，这个好吃吗？（^-^）”朴素妍扬起嘴唇，夹了一块牛排放进池毅天嘴里。

“（^o^）好吃，你也试一下这个。”池毅天扬起笑容，也喂她吃东西，心中充满了甜蜜的幸福感。

两人你一口我一嘴的，看见这情景，金秀真真是全身上下的鸡皮疙瘩都立正站好唱国歌了—_—#。

她的手颤抖了一下，几乎把手上的食物倒在地上，用手肘撞了撞旁边的姜英尚:“快闪人，看到他们两个，什么胃口也没了。” —_—#

姜英尚别有深意地瞪了她一眼，嘴角扯起邪魅的笑：“等等，＾_＾我要先把圣诞礼物送给你。”他低下头，脸慢慢朝她逼近，在她唇上轻轻一啄，“这可是翡翠钻石也换不来，有钱也买不到的啊。＊o＊”

舔了舔他们刚刚相碰的唇，她的大脑有几秒钟的空白，只能张着眼睛愣愣地看他。

昏黄的灯光下，觥筹交错。

尹香君摇晃着手中的果汁，清澈的水眸始终定格在那既熟悉又陌生的身影上，深吸了一口气，给自己打气，加油！加油！Y(^_^)Y

她微提起裙摆，带着她罕见的甜美的微笑，缓缓地向他走去。

“＾_＾嗨！”

达夫紧皱眉头，－_－抿着嘴，微眯起眼，散发着让人不寒而栗的寒意。

真有那么讨厌她吗？

她自嘲一笑，抬眸，漠视他厌恶的眼神，发出邀请：“＾o＾赏脸和我跳一支舞吗？”

“没空。”他冷冷地抛出两个字，狠狠地刺痛了她的心。

她不死心地拉住他的胳膊：“为什么呢？你今晚又没带女伴…~~>_<~~…只是一支舞而已，难道你也不肯……施舍给我吗？”说到最后，她连自尊也放下了。

一抹笑浮现嘴角，有几丝揶揄，几分邪佞，他睥睨着她，再一次说出残酷无情的话："即使全世界的女人都死光了，我也不会跟你跳的。"然后大步流星越过她，似乎是有意地重重撞了一下她的肩膀。

好痛！她咬着下唇，噙着泪水，心一阵剧烈地绞痛。

不是早就预料到结果了吗？他对她一向都是如此无情，她不是早就习惯了吗？为什么泪水还是不争气地不断往外涌呢……

一支又一支优美动人的舞曲倾注在每个人的心灵上，可是她的心却飘得很远很远……

第十章 马路对面的约会

“呼呼…－０－…”

金秀真摩擦着双手，呵出一团又一团的白烟，在心里咒骂着这该死的寒冷的冬天。

冒着湿气的黑板，陈老太在上面龙飞凤舞地写上两个大字：考试!

“－︵－不是吧！”同学们一片哗然，瞬间鬼哭狼嚎起来。

“安静！╰_╯安静！”陈老太大手用力拍打黑板，清了清嗓子，“>__<虽然我们身为高职学生，对于学习的压力没有高中的来得重，但是我们也不能因此而放弃自己。所以这个每学期一次的考试你们都要好好面对。”

末了，扶了扶她那副比酒瓶还厚的黑框眼镜，她又继续道：“你们全部给我安分点，不要搞小动作。”

“是！”众人心不甘情不愿地应道，心里各自盘算着。

试卷一张接着一张往后传，由于份数不够，陈老太不得不离开教室，跑去办公室取。

“嚓嚓嚓”的声音顿时响成一片，那是大伙儿在撕纸。↖(^ω^)↗

考试不能坐以待毙，~^o^~要努力去作弊。

这是他们全班的至理名言，也只有在考场的时候，他们才

会把“团结”发挥得淋漓尽致。

金秀真拽起圆珠笔，按照惯例把不会做的题目抄在上面。然后往后一抛，发送出去，等待救援。*^^*

不一会儿就有东西砸到她的背，她低下头捡起攻击自己的凶器，展开揉成小团的纸张，上面写着：“选择题第一题选 A 还是B？”她轻蹙娥眉，>c<这题在她不会做的范围内，因此她重新揉成小团扔给另一人。

手指轻敲着桌面，过了数分钟，她抛出去的问题仍然没有回音，打了一个呵欠，忍不住开始点头会周公。—0—

考试进行到尾声，纸条依然猖狂地满天飞舞，因为大家掩饰得太好了，一次也没有被陈老太抓到。^^v

“惨了！＞__＜惨了！又要吃鸡蛋了。”朴素妍仰天长嚎。

金秀真单肩挂着两条书包带，哀怨地觑她一眼：“拜托，不要在别人的伤疤上撒盐。”→_→

“呵，^_^你们不是作弊很成功吗？”这是一句充满讥诮的问话。尹香君扔给她们一人一罐可乐。

“知道你厉害了，+_+全班就只有你的试卷内容饱满，没有作弊。”接住可乐，金秀真扁了扁嘴，不甘愿地说。

“哈！”拉开瓶盖，尹香君冷笑一声，“>__<那是因为你们对作弊依赖性太强。”

“所以我们平时胸有成竹，谁也没有复习。到了考试即使作

弊成功，也没有一个人会做题。”金秀真接道，她现在才意识到这个问题，会不会太迟了？！（>_<）55555

喝着可乐，尹香君恢复一贯的沉默。

“啊啊啊 ~~>_<~ 毅天，我对不起你！”朴素妍掩面大叫。

一记白眼压住她：“又关池毅天P事啊？=_=^ 一把屎一把尿供你读书的是你父母。”

朴素妍不以为然，挺了挺胸，诡异地看着金秀真：“=^_^= 没有恋爱的女人是不会懂的。”

金秀真眉宇紧蹙，不屑道：“=_=^ 我才不想懂。”她知道这丫头是想套她话。

“你还想抵赖，~^o^~ 我和毅天都见到你和姜英尚接吻了，还敢说你们没关系。”朴素妍一手叉腰，指着她的鼻子叫嚣，感觉有点像是兴师问罪。

金秀真一副天不怕地不怕的模样：“我和他八竿子打不着，－_－b 是他强吻我的。”事实本是如此，她就当被只可恶的老鼠啃了一口。

“哼，－.－ 鬼才信你。”

“^_^ 至少有鬼信我。”

“…*.*…总之你注定要做姜英尚的女朋友。”

“谁说的，老天爷有交代吗？”

朴素妍脸一红，@x@ 想抗议。

“哗！*+__+*天鹅开舞了。”对面忽地飘来这么一句秀逗的话。

金秀真和朴素妍互看一眼，默契十足地决定举白旗暂时休战。

“走，我们也去‘八’一下。”^（ ^

转眼就看见BLUE高中几个镶玉的大字。

“为什么热闹的地方会是在里面？”金秀真懊恼道。〒_〒

三人正犹豫着要不要进去，后面却不断拥来了一堆八卦爱好者。

头一缩，金秀真当机立断，抓住身边两人的手，脚底抹油：“>__<去他的BLUE高中，‘八’完再说。”

经过树林，里头人潮汹涌，一阵又一阵的欢呼声、呐喊声不绝于耳。

“冲啊~~>__<~！就是那里。”

金秀真就像腿上装了弹簧一样，有一下没一下地往上跳。

可恶，>0<看到的全是一堆人头。

“小真，>_<||| 不要跳来跳去阻碍他人视线。”朴素妍扯她下来。

停止了如袋鼠跳的动作，金秀真的贼脑转了一圈，偏头伸手向朴素妍拿钱：“^_^给我几块钱。”

“@_@为什么？”朴素妍露出不解的神色。

金秀真心怀鬼胎地说：“有用…(⊙_⊙)…”

“有什么用？”朴素妍发挥不懂就问的好学精神。o_o???

“>”<等一下你就知道了。”

“*>﹏<*我要求现在就知道。”

“少废话，`_´快把钱交出来！”金秀真对她凶神恶煞地怒吼，十足电影里面目狰狞的抢劫犯（实际上她现在的行为和抢劫犯没什么区别）。

朴素妍怯怯地掏出荷包。Q_Q

“好，(*^@^*)很听话。”金秀真拍拍她的头，对她的配合表示满意。她接过荷包，抽出几块钱扔在地上，两手弯成半弧形分别放在嘴的两旁，冲着前面的人群大叫：“^◎^地上有钱捡啊，谁掉钱了？”

咻———阵冷风打着圈儿闪过。

人声鼎沸没有因为她这句话而停息，围观的人潮也没有因为她这句话散开，更有越挤越密的趋势。

“怎么会这样？”金秀真感到失败极了，电视上这招可是万试万灵的，没想到她第一次运用在现实生活上就宣告失败。?_?

久久没说话的尹香君，用看白痴的眼神看金秀真。

“喂，你有话就直说，不要那样看我。”M（_ _）M

“￣○￣在没鱼的池塘里钓鱼。”尹香君丢出这句毫无温度的话后，就坐到一张石椅上，翻开手上的书。

？？？ +_+

金秀真头顶冒出三个问号，她还想追问是什么意思，旁边的朴素妍却听懂了。

“^o^ 你在身家万贯的少爷小姐面前扔钱，根本就是愚人之举！”

听到平时总是傻乎乎的朴素妍的剖析，尹香君抬起脸赞赏地看了她一眼。天才与白痴之间只差一线，大概就是世人拿来形容她的。

金秀真做了然状，嘴角现出一抹另有所图的笑意，= =+ 看得朴素妍脊背刮起一阵凉风。

她一手搭在她的肩上：“既然这些钱他们不要，\^o^/ 我就勉为其难代为接受吧！”说罢，毫不客气地把钱塞进裤袋里，转身开溜。

愣了一下，朴素妍反应过来后，拔腿追着她，嚷道：“抢钱啊！0（>_<）0！”

两人绕着树林跑，一个拐弯，不小心撞到一个小女孩。

“对不起，>_< 对不起。”金秀真双手合十放在下巴下，对着身高只到她腰间的小女孩弯身道歉。

“^o^ 没关系。”小女孩轻柔地说，把掉到额前的发丝捋到耳后。

金秀真这才看清楚她的样子。

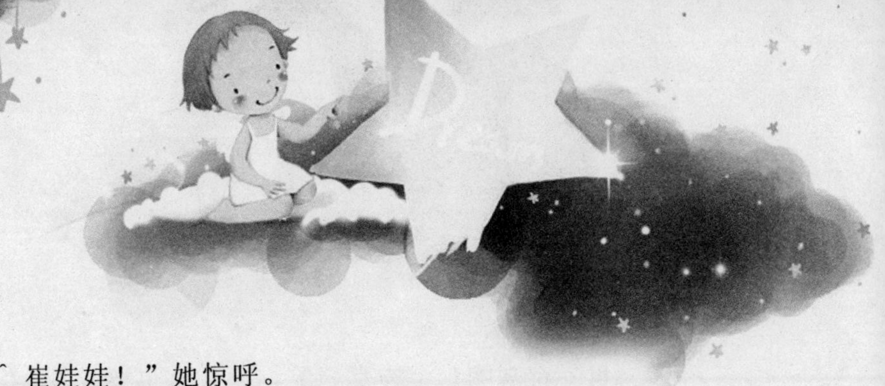

“^o^ 崔娃娃！”她惊呼。

崔娃娃对她甜甜一笑，点点头，她也认出了金秀真。

“你叫金秀真，是吗？”她问，“是来找姜英尚的吧？”↖(^ω^)↗

“不是，-.- 我不是来找他的。”金秀真摆摆手，她是来凑热闹的，“对了，*^^* 那些人在看什么？”她连忙岔开话题。

崔娃娃朝人群看了看，垂下眸子，思虑着要怎么把这件事从头到尾说清楚。唉，说话也是一门技巧啊。再次抬头，她只简单地说：“∩_ _∩四天鹅在开舞。”

第二次听到这句让人摸不着头脑的话，金秀真皱起眉头，搜肠刮肚，在脑海里寻找着有关四天鹅的一丝信息。她记得曾经在哪里听说过四天鹅的事啊？等等，四天鹅不就是姜英尚、池毅天、达夫和权正勋他们吗？那开舞是什么意思呢？ ╰(*>﹏<*)╯

“~ o ~开舞是什么来的？”金秀真干脆向崔娃娃问个清楚。

“^_^ 跳舞啊。”

“⊙o⊙跳舞！你是说姜英尚他们在跳舞？”金秀真惊讶不及，两手放在她手臂上，将崔娃娃摇得像只啄米鸡，“是不是？是不是？^︹^ 是不是？”

“没=_=…没…错。”崔娃娃被摇得晕头转向的，说话的声音有点含糊。

世界奇观啊！金秀真窃笑，说什么也要看看：“娃娃，有什么办法可以看到>o<？”

崔娃娃抱着还有点昏眩的头，指了指前面的大树，随口说道：“+ _ + 爬树吧。”

金秀真一击掌：“└(ˆoˆ)┘好办法！”于是，她攀着一根根不太结实的树枝，爬上树的最高顶。

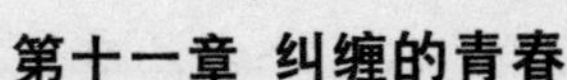

第十一章 纠缠的青春

拨开层层枝叶，金秀真从叶缝间探出脑袋。呼呼！T_T 累死人了。她抱怨着，眼睛却立刻飘向跳舞的地方。o_o

1、2、3、4、5、6、7、8……11、12、13……20。

她瞠大美目，⊙﹏⊙不自觉说出心里的话：“>﹏<搞什么嘛，这分明是20个人在打群架。”没有如期待中看到姜英尚穿着芭蕾舞裙跳天鹅舞，说不失望是骗人的。“下面的人全是骗子。”她发泄性地一跺脚。..@_@|||||..

听到她说的话，树下的崔娃娃仰头笑看着她：“我们没有骗你，^_^ 你难道没发现姜英尚他们在打架的时候，很像一只只天鹅在起舞吗？”*^o^*//

听她这么一说，金秀真身子更往前靠，仔细一瞧，一 一+ 姜英尚一个踢腿，像极了一只天鹅踮起脚尖在水里画着圈圈，姿势优雅，有着难以形容的美感。~*.*~

原以为在枝叶的遮掩下，自己隐藏得很好。谁知姜英尚突然间一个利索的旋身，立刻就看到了她。@︿@

一时间，两人都错愕地瞪着对方。

“金秀真，╰_╯ 你找死啊！”他低沉有磁性的声音此时听起来令人毛骨悚然。他抛下身边还在打架的人，冲出人群，急忙向她跑来。

她害怕地倒退几步，脚下一个踉跄，踩了个空，整个人就那样往下坠，幸好她眼明手快胡乱抓到一根树枝，>__<但是树枝似乎承受不了她的重量，开始慢慢断裂。

看着悬于半空中的金秀真，崔娃娃吓得花容失色，惶然不知所措，她到处跑着找人求救。

还在远处的姜英尚没有停止对她的咆哮：“>_<# 你敢跳下来试试看？”

~~>_<~~ 拜托，她现在都那么可怜了，他说话就不能温柔一点吗？::>_<::

喀嚓！树枝彻底断成两段，她紧闭双眼，想象着即将与大地妈妈亲密接触所带来的痛楚，本能地发出尖厉的惨叫：“啊！”//(ＴｏＴ)//

“啊！”两声尖叫乍然响彻云霄。

“咦，+_+ 怎么不痛？”金秀真的屁股蹭了蹭，真的不痛喔，还软绵绵的。@_@

“-____-” 你坐在我背上，当然不痛。”姜英尚痛苦地呻吟，天啊，他的骨头估计需要重新组合了。

她像是被电到一样，连忙跳起身。

“喂，*+__+* 你没事吧？”她发誓她是真的关心他。

他不领情就算了，还恶声恶气地说：“ˋ︿ˊ你回家上磅，看看自己的重量，再来问我有没有事吧！”

>_<王八蛋！你侮辱人，难道就不可以婉转一点吗？她狠狠地瞪他一眼，敢怒不敢言。

他伸出手要她搀扶，也不知道她吃错了哪门子的药，居然那么听话地接住他的手。*+ ＿ +*

两手十指交缠的那一刻，两颗心不住地狂跳。

“小真。”朴素妍气喘吁吁地跑来，“我…o_o…我刚刚在很远的地方见到你吊在树上摇啊摇，很刺激喔！”↖(ˆ ω ˆ)↗

脸上露出黑线- -|||||，这丫头嘴里说出来的话永远都与众不同。

后面跟来的还有其余三只小天鹅和崔娃娃。

看来这次是糗事传千里，T_T 注定要遗臭万年了。

“ˆ ◎ ˆ 伤得不轻嘛。”池毅天坏心眼地重重拍打姜英尚的后背，后者立刻扬起杀猪般的痛叫。

“-. - 池毅天！你欠揍。”震耳的怒吼，姜英尚瞪着池毅天。

池毅天露出一副怕怕的猪头样，躲到朴素妍身后。ノ - ㄟ

“ˆ o ˆ 肺活量那么惊人，看来还没有被砸到内出血。”这次说话的是手牵着佳人的权正勋，而那佳人则是令人跌碎一地眼镜的崔娃娃。天啊！真是惊人的一对。⊙ o ⊙

“我看你是想把我气得内出血。”姜英尚冷哼，转过头对达夫道，“轮到你了，你又有什么阔论要向我发表的？”π _ π

达夫一挑眉，随即勾唇笑了：“我口才不好，不会说话。你们聊吧，我去老地方等你们。”～ o ～

不知道是巧合还是老天爷故意安排的，达夫才刚离开，尹香君就从另一边施施然走了过来。*^?^*

气氛一下子凝固起来，大家目不转睛地看着她。

“你们的目光很奇怪。”她漂亮的嘴角挤出一抹苦涩的笑，黝黑的眼眸没有一点光彩，“他，不在吗？”明知道答案，却还是不死心地问。^_^

又是一阵沉默，大家都很清楚这个“他”是指谁，只是没有人愿意伤害眼前这个痴情的女孩。

想了很久，金秀真决定诚实以对：“呃…^︵^…他走了。”她谨慎地说，生怕说错一个字。

“^_^ 我知道了。”她说，苦涩的笑意更加让人心痛。

唉，达夫啊达夫！你看你伤害了一个怎样的女孩。

“香君，ˇ︿ˇ放弃他吧！”金秀真拉起她的手，她很了解尹香君冷漠的外表下有着比谁都更脆弱的心灵。

尹香君摇摇头，-.-轻轻地推开了金秀真的手，顺着原路离开，落寞的背影引人心酸。

爱情啊，你真是一个难懂的东西。+_+

紧张窒息的考试过后，（^人^）接踵而来的是令学生们欢

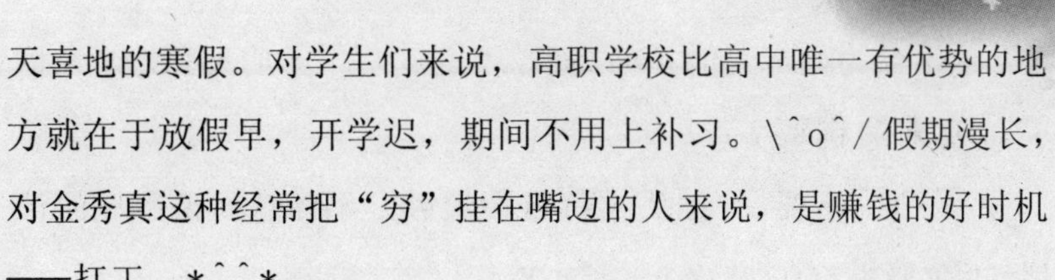

天喜地的寒假。对学生们来说，高职学校比高中唯一有优势的地方就在于放假早，开学迟，期间不用上补习。\^o^/ 假期漫长，对金秀真这种经常把“穷”挂在嘴边的人来说，是赚钱的好时机——打工。*^^*

漆黑的夜空与闪亮的星星为伴，勾勒出一幅美丽的夜景。

打开视频，高高捧起预期中不太理想的成绩单，金秀真耷拉着头，-.- 不敢与远在美国的弟弟对视。M（_ _）M

透过摄像头，看着那张惊心动魄的“满江红”，俊朗如云鹰的金展阳每看到一科成绩，眉头就皱得一次比一次紧。= =+

幽幽一叹，他揉了揉眉心，无可奈何地说：“姐，你就不能为金家争点气吗？”—_—^

呃…>_<…他又要开始训她话了。

“我亲爱的弟弟啊，金家有你就可以了。”金秀真赔着笑，讨好道，“你是姐姐的骄傲。”言下之意就是：既然你都那么优秀了，就不要来烦我了。O（>_<）O 有些事，勉强是没有幸福的！

“姐，—_—b 如果你的成绩跟你的马屁功夫一样好，我会感到很欣慰。”金展阳戳破她的小伎俩，一副长者的口吻。

“弟弟啊，- -||| 你就少挖苦我了。”她用委屈的语调掐自己脸颊，“你看你姐脸皮多薄。”

他不禁为她可爱的举动笑了：“姐，=^_^=明天开始是寒假了，要来美国吗？”

“￣O￣不要。”她头摇得像拨浪鼓，不经意间说出她的计划，“我要去打工。”Y(^_^)Y

“打工？=_=^”果不其然，他蹙紧了眉头，不太赞同，“金家又不是养不起你，你没必要去做那种事。”.\\/.

“什么叫那种事啊？—_—# 老弟不要把打工想得那么龌龊。”她打了一个哈欠e_e，接着说，“>_<我不去打工赚钱的话，会饿死在街头的。”她刻意隐瞒了有一个包她一天三餐的米饭班主。^^v

“你缺钱的话我可以叫爸汇给你，T^T总之不要去打工。”

“嗯---=_=---”她眼一沉，声一重，摆出姐姐的架子，“°o°不要在我面前提那老头，我和他已经脱离关系了。”

“姐……{{{(>_<)}}}”金展阳叫道，张开嘴像是要说什么，金秀真却不给他机会，早一步把电脑关了。

招聘栏

诚征

要求：闭月羞花、沉鱼落雁、温柔体贴、善解人意、举止大方、谈吐有礼、会弹琴会画画、拥有多项崇高的兴趣。#^_^#

待遇优厚，有意者请面洽。

金秀真看了又看，想了又想，~*.*~ 呵呵，这些要求不正是针对她来写的吗？！ ~~^_^~~ 她左瞄瞄右瞄瞄，趁四下无人，撕下了这张招聘广告，掩嘴贼笑两声。

按照招聘地址的指示，金秀真来到招聘的地方，那是一幢欧洲风味的花园式洋房，三层楼的房子气派地立在那里，只是花园的面积就已经大得顶得上普通人的住房了。

∩__∩y

她迟疑了一下，走上前按了按铁门外的门铃。

门铃上的对讲机传来了问话："你是谁？" -.-

"^@^ 我是来面试的。"

咔！铁门自动打开，里面走出一位年过半百的老妇人，一只手叠在膝盖上，另一只手做出了一个请的姿势："欢迎你光临，请跟我来吧！"

"呃…^o^…好…^o^…"金秀真讷讷地说，赶紧跟在她身后。~~~///(^v^)\\\~~~

经过独木桥，老妇人将她领到一座别致的小亭，掀开用珍珠串成的帘子，她走进去后，对还在外头磨蹭的金秀真叫道："你也进来坐吧。"

“是。”金秀真战战兢兢地坐在她对面。〈@_@〉

老妇人回以一个微笑：“^_^ 你不用那么拘谨，接下来我问问题，你只要回答就可以了。”

金秀真颔首：“是，^^v 我一定知无不言，言无不尽。”

“那好，听着…-_-…”老妇人不知从哪里弄来了一张纸，纸上密密麻麻写满了问题，“第一条，倘若意大利粉和蔬菜沙拉摆在你面前，你会选吃哪样？”

虾米？+_+这是什么怪异问题？不是在耍她吧？

“快回答！T^T 你不是知无不言，言无不尽吗？这条题目应该不难吧。”看出她的迟疑，老妇人拿她刚刚说的话堵她。

为了工作，她头一缩，硬着头皮回答道：“两样一起吃。”~~>_<~~

“*o* 喝咖啡一般需要下几颗糖？”又一条奇怪的问题。

“…o_o…我不喝的。”她老实回答。

“切洋葱的时候，-_- 最难熬的是哪一个过程？”

“@_@ 流眼泪的过程。”

“-_- 青瓜有什么作用？”

“一_一# 美容护肤。”

“-_- 盐和糖能分得清吗？”

“〉o〈当然可以啦！”她又不是白痴。

……

和老妇人耗了半天时间，终于回答完那一个比一个更稀奇古怪的问题，金秀真彻底虚脱了，同时令她更加好奇，她在应征的究竟是一项什么工作。- -||||

老妇人似乎还不肯罢休，从椅底里又拿出一叠动物卡片："-.- 说出它们是什么！"

天啊，太侮辱她了。她有点泄愤地说："狗、猫、鱼、乌鸦… = =+…有兴趣听英文版吗？"

"不用了。"老妇人抬手制止，下了结论，"你的日常生活知识还不错，反应能力也很好。"

"还好而已！"她谦虚地说。－0－

"我话说在前头，T^T 在这里工作所需的时间要很多，当然工钱方面自然不会亏待你的，就不知道你行不行？"

">o<行的，我什么时间都可以配合，反正我现在放假，不管上什么时段的班，我都不排斥。"她一脸甜笑，努力争得老妇人的认同，"那我是不是被录取了？"^o^

"这个嘛…-_-…"老妇人上下打量着她，颇感为难地道，"你跟我们提出来的要求实在相差太远。"

呃…=_=…不用说得这么直接吧。她虽然不是国色天香，好歹也长得人见人爱啊。

思虑片刻，老妇人又道："不过，我们现在急需女佣。所以你很幸运地被录取了。"

“真的吗？∩__∩YEAH！”她倾身上前抱着老妇人又叫又跳，随即啊了一声，“什么！女佣？”MY GOD！╯__╰搞什么飞机嘛，折腾了老半天时间原来只是请女佣。55555~~~她有点后悔了。::>_<::

“有问题吗？”T^T老妇人对她的大呼小叫有点不悦，“做了女佣后，.\\/.行为举止就要收敛点。”

“那个…T_T…其实……我…….”

“还有什么事吗？”锐利的目光一扫。-_-

“没…=_=…没有了。”反悔的话吞回肚子里。

“你回家收拾收拾，女佣必须住在这里的。-.-你没有家累吧？”

“没有。”她那个所谓的“家”都在美国。~*.*~

“那就好，明天把行李搬来吧，我会叫人安排房间给你的。”老妇人忍不住又看了她一眼，“唉，确实是次了点。”\(╯-╰)/

“…>o<…”

第十二章 地球怎么不转了

“金秀真，￣○￣我的咖啡呢？”

“T_T 在你桌上。”

“我要喝，-_- 帮我拿过来。”

“金秀真，￣○￣我的衣服呢？”

“>_<在你左边衣柜第三格里。”

“我很忙啊，-_- 还是你来找吧。”

“金秀真，￣○￣我的牙刷呢？”

“~~>_<~~ 在洗手间的水盆旁边。”

“我找不到，-_- 你过来看看。”

一声声的催促惹恼了金秀真，她语气非常臭地大吼。

“可恶！>_<#！你们都是懒鬼投胎呀！”

话还没有说完，催命符再次响起。

“金秀真，╰_╯ 你吵到我睡觉了。”

“金秀真，ˆoˆ 淑女说话是不可以那么大声的。”

“金秀真，*ˆ◎ˆ* 去花园除了草没有？”

蹲在花园里拔草的金秀真仰头望天，无语问苍天。在这里当了三天的女佣，她有种误上贼船的感觉。//(ㄒoㄒ)//

招聘的时候要求如此高，又要回答一大堆有的没的问题，结果只是做女佣。::>_<::这还不打紧，要命的是要她一个人服侍三

个浓妆艳抹的臭女人，一天到晚把她当小妹一样使唤来使唤去。要不是那该死的工钱这么高，她早就甩手不干了。-︵-

一个人当几个用，\(╯-╰)/机器人也会有垮掉的一天。

“啊！>﹏<！”忍不住了，她拉开八度音嗓门对着空旷的花园放声大叫，用力把草连根拔起，跳起身，扔在地上，狠狠地践踏，压抑已久的情绪在这一瞬间全部发泄了出来。

“虐待花草，罚款五百。”后面响起这么一句火上浇油的话。*+﹏+*

金秀真转身，决定不管是谁先扁一顿再说，但是在看清楚那人的样子后，她停住了向前冲的步伐，惊诧道：“⊙_⊙你怎么会在这里？”

“这是我要问你的问题……－_－b”姜英尚扬唇，惬意地欣赏她吃惊的表情，“你来我家干吗？”

“什么？你家？”怎…0 0…怎么可能呢？她记得第一天搬来的时候，老妇人（管家）千叮万嘱这里住的都是男主人的情妇。等等，莫非……0（>_<）0“你也是这里的情妇？”不会吧，原来他有这种嗜好！

“你说的什么鬼话？”他眉头皱成一座小山。－_－^

“我说错了吗？”她傻傻地问，又大叫一声，想出另一个可能性，“难道你就是那个金屋藏娇，偷偷摸摸，鬼鬼祟祟养情妇的男主人？”→_→

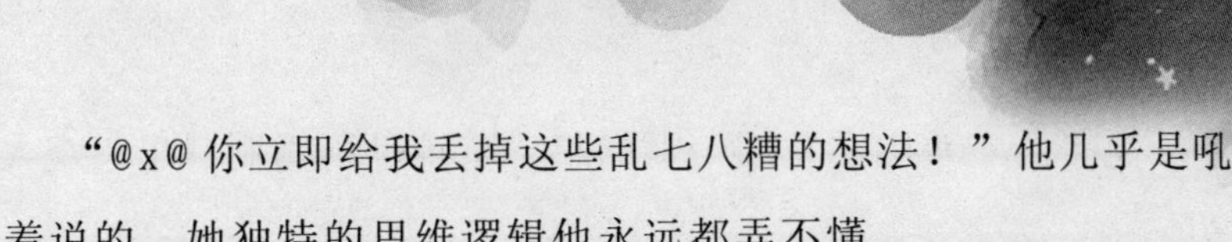

“@x@你立即给我丢掉这些乱七八糟的想法！”他几乎是吼着说的，她独特的思维逻辑他永远都弄不懂。

“好好好，我听到了，\(╯-╰)/你不用叫得那么大声。”她挖了挖耳朵，他大概想震塌自己的屋子。

他气呼呼地瞪她，习惯性地从裤袋里抽出烟盒，拿出一根香烟。

黑眸眯成一条线，鉴于她现在是这个家的女佣，为免日后多一个捡烟头的任务，她抱着要头一颗、要命一条的不怕死的精神一把夺走他夹在手指间的香烟，连带裤袋里的烟盒，轻轻地往后一抛，抛出她的管辖范围。

“T^T你扔我的烟？”他呆了一下，有点不敢相信地看着远在天边的香烟。

“呃…︶_︶…没错。”她缩了缩脖子。

“金、秀、真！你、活、腻、了！”他从牙缝逼出七个字，强调她的死期到了。

“啊，~~>_<~~不要打我的脸！”只见他抡起拳头，在上面呵了呵气，作势要打她。她抱头护着脸蛋做出准备溜跑的姿势。

“哈——”~_~

“哈哈！”^o^

“哈哈哈！”~^o^~

完美的三重唱在花园一隅响起，草堆里刷刷刷冒出三个人头。

“你们继续吧，\^o^/ 当我们不存在就可以了。”

悻悻地收回拳头，姜英尚理了理情绪，对着草堆里的人毕恭毕敬地唤了声：“三位阿姨好！”

侥幸逃过一劫，~@^_^@~ 金秀真呼了一口气，也对着草堆里的那三个人叫道：“一 一+ 你们躲在这里干吗？”态度和姜英尚截然不同。

三个女人绽放出她们独有的妩媚笑容，娇声道：“*>__<*我们哪有干吗？”那声音会让自制力弱一点的人受不了而当场喷鼻血。

金秀真感到非常生气，⊙ ⊙马上伸出手捂住姜英尚的眼睛。

“喂，你又怎么了？”他啼笑皆非地拍了拍她的手背。=^_^=

她抽回手，胡乱瞎掰道：“看到有蚊子要飞进你眼睛，=_=帮你挡住。”一听就知道毫无说服力。

“^_^ 冬天哪里来的蚊子啊？”三个女人又各自抛出一个媚眼，摇摆着小蛮腰走出草堆。

“+_+ 就是有。”她突然发现这三个女人穿着睡衣，倒抽一口冷气，“你们没衣服穿了吗？”>"<|||

“不是啊，～ o ～只是你不在没有人帮我们找衣服、拿衣服、穿衣服嘛。”她们回答得理所当然。

“是不是以后我不叫你们吃饭，你们就等着饿死？”懒人做到她们这种地步，也算是功力非凡，炉火纯青了。=@~@=

“做一只身材苗条的鬼也不错啊！”(^_^)

“我看你们充其量只能做排骨精！”（*^ ︵ ^*）

“排骨精也有它的骨感美啊。”\（*∩_∩*）′

“是狗骨的骨！”ˇ︿ˇ

看着她们有一句没一句地相互抬扛，姜英尚笑出声，知道他如果再不站出来打圆场，她们就会那样没完没了下去。^_^~~~

“三位阿姨，我老爸说了等一下会来看你们。”

“真的吗？⊙o⊙”原本还慵懒地头挨头互相靠在一起的三副骨头，突然间挺直了腰杆，双眼一亮，各自飞奔回自己的房间，梳洗打扮。

＋＿＋“如果你老爸天天来就好了，我就不用那么辛苦了。”

“是啊。”姜英尚扭扭脖子，耸耸肩说，“又只剩下我们两个了。”顿了一下，“^_^ 我们来继续刚刚还没有办完的事吧！”

“不…：：>_<：：…不太好吧。”金秀真冒着冷汗，惨叫一声，抱头鼠窜，只留下一句，“>_< 不要打我的脸。”

“牛排要七分熟。”

七分熟？—_—ˆ这要怎么煮啊？

“虾要半生不熟。”

半生不熟？—_—ˆ这虾还能吃吗？

“加一点点糖，但又不能太多。加一点点盐，但又不能太少。”

那究竟要加盐还是要加糖啊？—_—ˆ

“鸡的上半身要去毛，下半身要去皮。”

拜托，—_—ˆ哪里才算是上半身，哪里才算是下半身啊？

“好了，刚刚我说的那些都记住了吗？”老妇人问。

金秀真拿着笔和记事本，佯装很认真地记录着：“o_o 都记下来了。”

“嗯，ˆ_ˆ 很好。”老妇人对她的认真甚为满意，又叮咛了几句后就走出厨房。

“唉。”垮下肩膀，环视着满桌的菜料，她感到全身乏力，不知道该从何入手。

这样的菜谁会做啊？=_= 谁来教她做啊？谁可以帮她做啊？

姜浚一，姜英尚的老爸，这房子的男主人。40 出头的年纪，给人的感觉是沉稳而精明，抿紧的唇则透露出他严苛的一面。一张算得上好看的脸，最突出的是那双桃花眼，瞧瞧他旁边那三位

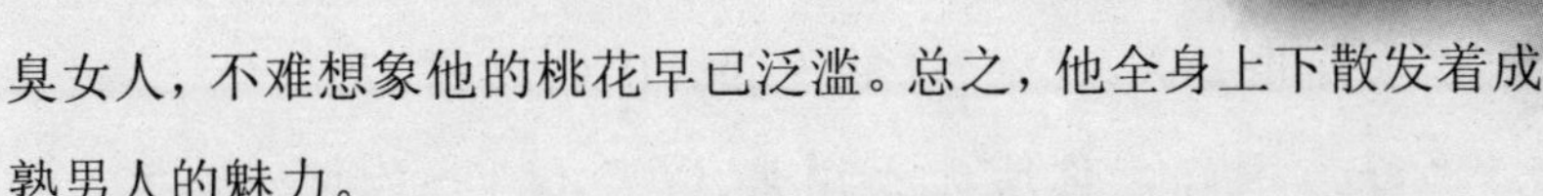

臭女人，不难想象他的桃花早已泛滥。总之，他全身上下散发着成熟男人的魅力。

他夹了一口菜，扫了一眼站在后面的金秀真。

“新来的？=_=^”

“是的。”老妇人低垂着头，弯着腰回答。*^_^*

“嗯。”他把筷子搁在一旁，双手抵着下巴，“全拿下去重做。”

重做？=_=他有没有搞错？为了配合他刁钻的胃口，这一餐她可是绞尽脑汁，死了好些脑细胞才勉强做出来的。T^T现在他简简单单一句‘全拿下去重做’就想抹杀她所有的努力，她说什么也不要。

“>_< 我不要。”金秀真鼓起很大的勇气拒绝。

“你说什么？”一　一+桃花眼一瞪，姜浚一不敢相信居然有人敢反对他的话，而且还是一个小小的女佣。>"<

“～　o　～我、不、要！”金秀真再次声明，毫不畏惧地迎视他。

两只眼睛对两只眼睛，★~★她才不会输给他哩。

要不是现在气氛不佳，场合不对，姜浚一定会很欣赏她的胆量。他吐出一口气，觉得自己没必要因为一个黄毛丫头而动怒，他收起怒容，拿出在商场上一贯的冷静：“这就是你对待主人的态度吗？”

“女佣也是人，╰_╯也有说NO的权利。”

“好，很好，你明天不用来了。”(｀︿´)︶-#

“好啊，*+___+*我求之不得。”金秀真还没来得及说出这句很有气势的话，坐在他身边的三个女人就争先恐后为她帮腔。

“浚一，::>_<::人家不依了，我们就是喜欢她那个调调。”

“是啊，//(ㄒoㄒ)//你又不能天天来陪我们，有她在，我们才不会无聊。”

“好啦好啦，^o^不要生气嘛。”

“这…－_－^…”三个心爱的女人软言软语地相劝，动摇了姜俊一。他转念一想，她们说得没错，平时工作忙碌，确实疏忽了她们的感受，也许留下这个女孩可以帮她们解闷。不过，他说出口的话哪有收回来的道理。他面露难色，说不出挽留的话。

一直做着旁观者的姜英尚，适时地放出台阶给他老爸：“爸，看在我分上就算了吧，她是我同学。”他舀了一口汤，嗯，味道不错啊。

“咳，咳。－0－好吧。”姜浚一清了清喉咙，“这次就算了，大家吃饭吧。”

星月为伴，轻快地哼着不成调的歌儿，金秀真在花园的草地上拿着水管洒水。突然间有人从后面抱住她，>_<她吓了一跳，

鼻间传来熟悉的气息，她皱了皱眉，左甩甩，右甩甩，怎么也甩不掉粘在她背上的牛皮糖。－_－#最后她放弃了，不再挣扎，自动在他的怀里调整了一个舒适的位置，这样令他更加放肆地把头枕在她肩上。

“你给我三位阿姨吃了什么药？”吃完饭后，老爸直嚷着这丫头会巫术，对他三位情妇下蛊了，她们才会不停地在他面前说她好话。*^____^*

她露出笑容，没有回答。其实她蛮同情那三个女人的，守在这间寂寞空虚的大屋里，只为了等候一个不会只属于她们其中一人的男人。-_-

“o_o怎么不说话？”他的唇似有若无地刷过她的耳际，引起她一阵酥麻。

她的手一偏，水管的水失控地淋了她和后面的姜英尚一身。

“好凉！”*o*

姜英尚迅速把水龙头关了，扳正她的身子，拨开她微湿的发丝：“真败给你了，－_－b连洒个水都会弄成这样。”责备的语气里带着一抹轻笑，以及无限的宠溺。

“╯__╰不小心的啦！”她俏皮地吐了吐舌头，抬眸，同样伸出手拨弄他的头发，不过越弄越乱。

她忍不住笑出了声。╰（*^__^*）╯

他抓住她的手，凝视着她，双眸在月光底下是这么地柔和。

彼此之间的距离不到一个拳头，四片唇渐渐合在一起。

花在舞，草在摇，这一刻地球似乎只为他们而转动。

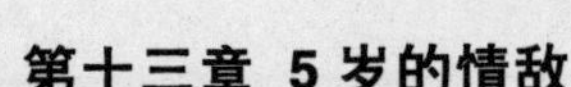

第十三章 5岁的情敌

左眼跳财，右眼跳灾，左右乱跳，0_0 祸从天来。

再次抬手揉眼，金秀真大概做梦也没想到在她面前会出现一对年仅5岁的双胞胎情敌。而更不可思议的是当对方问她是不是姜英尚的女朋友时，她居然毫不犹豫地坦然回答：“是。”回答速度之快，连她自己也讶然。-_-

忆起昨晚三个老女人像狗一样扑在她身上嗅来嗅去，然后很肯定地说：“=^_^= 你身上有恋爱的味道。”

当时她挑眉，冷嗤：“怎么可能？ T^T ”坚决否认心里那股不寻常的异样。

思绪拉回现实，这两个高度只到她膝盖的小女孩，托着下巴，仰起两张一模一样的脸蛋，围着她兜圈圈，逐一评估道：

“－0 －皮肤太黑。”

“－0 －皱纹太多。”

“－0 －手太长。”

“－0 －脚太粗。”

金秀真一听，心仿佛被一支冷箭射中。她长得很丑！>_<

“° o° 在全市最烂的学校读书。”

“° o° 家境清贫，在这里做女佣。”

“° o° 尚哥哥眼光真差。”

“° o° 尚哥哥真可怜！”

咻！又一箭射来！她没学历，没家世，配不上姜英尚。{{{(>_<)}}}

“@ ︵@ 总归一句，你还是离开吧。”

“@ ︵@ 这里不适合你的。”

她无言以对，（>__<＝居然沦落到被两个小丫头奚落的地步。

“╰_╯喂，你说句话啊！”

“╰_╯就是啊，我们说了那么多，你也好歹发表一下阔论。”

她看了看她们，叹了一口气，无力地蹲在地上画圈圈：“我都已经被你们骂得一文不值了，你们还想我说些什么？”

“当然是反驳啊！”两个小丫头也跟着坐在地上，一人坐一边。

“你应该要很用力地骂我们。”

金秀真哭笑不得：“→_→我干吗要很‘用力’地骂你们？”她总觉得这两个小丫头有点诡异，好像想引诱她陷入某个圈套。

两个小丫头心虚地对看一眼...@_@|||||..

金秀真注意到她们这个小动作，更加坚定自己的猜测。“嗯？一 一+你们是不是在打什么歪主意？”她进一步逼问她

们。

“>″<|||| 不是不是。”她们齐声摆手摇头否认，“我们没有想让尚哥哥看到你骂我们的样子。”话才出口，她们就连忙捂住嘴巴。*^︵^*

这叫什么来着？★~★不打自招，对吧。小孩子再聪明，说话再伶俐终究还是小孩子。^_^

“原来如此，ˇ︿ˇ你们以为姜英尚看到我骂你们后，就会和我分手。”她轻轻道出她们的如意算盘。

两个小丫头睁大了一双乌溜溜的大眼睛，眨眨眼，⊙o⊙再眨眨眼，泛起泪光，忽然，哗一声滚在地上大哭起来。~~>_<~~

她们又怎么了？“喂，-_-你们又在耍什么花样？”

“哇呜哇呜~”两个小丫头似乎有心跟她作对，哭声变得更大，~~>_<~~冲破屋顶，直达云霄。

“发生什么事了？”姜英尚闻声而来，两手抱胸，眉宇间有一抹不悦的情绪。=_=^

“呜~T_T~呜，尚哥哥。”

“尚哥哥，呜呜~T_T~”

两个小丫头从地上跳起身，张开双臂，疾步跑向他。

“单单，双双。”微蹙鹰眉，-_-姜英尚蹲下身子，一手一个抱起她们。

“>o<尚哥哥，那个姐姐欺负我们。”擦了擦眼泪，单单指

着仍旧坐在地上打哈欠的金秀真。

“>o<没错没错，她骂了我们。”双双吸了吸鼻子也在一旁附和道。

不得了了，－_－#小小年纪就那么会撒谎，金秀真把打到一半的哈欠硬生生吞回去，睁大眼睛看着眼前这一幕。@_@a

“尚哥哥，*>__<*尚哥哥。”单单和双双猛扯着姜英尚的衣领，要他说句话为她们做主。

姜英尚薄唇讥诮地一抿，看了一眼她们红红的眼眶，又看了一眼金秀真，并没有多说什么，带上门抱着两个小孩出去了。~`o``~

金秀真并没有追出去解释，反正她知道“谎”言止于智者，至于姜英尚是不是智者，她会拭目以待。

做晚饭的时候，她听老妇人说，这两个丫头是姜英尚的远方亲戚，刚出生时家里出了点问题，所以寄宿在姜家一段时间，一直很缠姜英尚，直到两年前才搬迁到美国。但是每逢假期都会回来玩上好几天。例如这次，就要住上三天。也就是说，她还要对着她们整整72小时。+__+

摆好碗筷，金秀真打开了电视机，电视里正放映着卡通片《篮球飞人》，单单和双双蹦蹦跳跳地凑了过来。*ˆoˆ*//

也不知道是谁先冒出一句：“篮球飞人里谁最帅？”

两个小丫头意见不一，就吵起来了……

“>_<当然是流川枫最帅。”

“>o<不对，是藤真。”

“T^T 你到底有没有长眼睛的，流川枫比藤真帅多了。”

“.\\/.你才没长眼睛，像藤真那样才叫帅。”

“流川枫！”~~>_<~~

“藤真！”~~>_<~~

噼里啪啦一阵电光火石后，她们很有默契地一致转过头冲金秀真嚷道：“你说，⊙　⊙是流川枫帅还是藤真帅？”

金秀真无辜被牵扯进去：“呃…－_－b…我比较喜欢樱木花道。”

她们互相看了一眼，齐声啐道：“没品味。”

“…=　=+…”她们到底有没有搞清楚谁才是那部片的主角啊？

接下来的三天，姜英尚因要补习离开了大宅。金秀真可以肯定那对双胞胎早已策划好要谋害她了。

第一天，打着“收拾房间是女佣责任”的口号，行“栽赃嫁祸”之实。~_~

一大清早，单单使出吃奶的力气敲打金秀真的房门，而在里面的她，依然趴在床上 e_e 睡得跟猪没两样。最后，门外人按

捺不住性子干脆破门而入。(*+ __ +*)

“x__x 你进来干吗？”金秀真从梦中惊醒，好不容易把吓飞的三魂七魄收回来，勉强找回了自己的声音。

∩__∩y“我们的房间有点乱。”单单的声音甜得可以刮出一层蜜。

“-.-那你们想怎么样？”金秀真心中警铃大作。

“当然是叫你去收拾啊！”依然是甜而不腻的声音。~~~^_^~~~

她指了指自己的鼻尖：“我？ = =+ 为什么？”

“因为你是女佣，0(>_<)0 收拾房间本来就是你的职责。”

好吧，就冲她这句话，金秀真骨子里那股该死的责任感开始泛滥了。└(^o^)┘

本来还心存疑虑，但在打开这对双胞胎的房门那一刻，她呆住了。—_—^ 这怎么一个乱字了得？

袜子挂在门把上，零食跟玩具遍布在床的每一个角落，颜料粉、球鞋、衣服散落一地，书桌上堆满了故事书，连旁边的垃圾桶也塞满了大大小小的纸张，墙壁有牙膏涂抹的痕迹，不远处有一支牙刷横尸在地上……女孩子的房间能够被糟蹋成这样…—_—b…

她，无言了。\(╯-╰)/

在尽职地收拾之时，却忘了一句说得很好的俗话，“好人总

是没好报”。M（_ _）M

中午时分，金秀真才刚劳心劳苦收拾完，走出房间，门外迎接她的是单单梨花带雨的脸::>_<::，离她最近的双双下巴抬得老高，一手叉腰，一手指着她叫骂道：“╰_╯没想到这种龌龊的事你也做得出来……>_<#居然偷了我姐上百万的金表藏在自己的房间里，哼哼，ˋ︿ˊ我们一定会告诉尚哥哥的。”话毕，还特意在她跟前晃了晃那只金表，一脸“你这次还不死定”的表 情。

如果她们要陷害的人不是她，=_=金秀真铁定会竖起大拇指，直呼三声：“有前途！有前途！有前途！$_$”确实嘛，小小年纪就能够把“栽赃嫁祸”四个大字学以致用，试问还有哪个5岁的小孩能做得到？=_=ˆ

静默须臾，她俯下身，对着她们缓缓地绽出一记诡异的笑容ˆ_ˆ，这一笑吓得她们姐妹俩浑身哆嗦，连连倒退几步。{{{(>_<)}}}

笑容扩大，ˆoˆ金秀真步步逼近她们。

“其实你们这个点子是不错了，不过呢…￣○￣…”她故意拖延了声音，想要吊起她们的好奇心。

两姐妹终于忍不住催促道：“不过什么？>_<你快说啊！”

对于她们的反应，金秀真满意极了。Y(ˆ_ˆ)Y

“你们想想啊，从早上到刚刚我一直都是在你们的房间里忙来忙去，而你们却在我的房间睡觉。我一出房门就被你们逮住

了，↖(^ω^)↗试问我还有什么时间去偷金表再把它藏在房间里呢？除非是你们故意把金表藏在我房里。*^?^*”她像个老师一般牵引着学生的思维，同时拐着弯儿澄清自己是无辜的。*^^*

“是喔！@_@是喔！”她们愣愣地接下话，谁也没注意到金秀真窃笑着跑了。过了数秒后，双胞胎才发现自己上了当。*^◎^*

第二天，老妇人大发善心，放她一天假。~0（>_<）0 ~哪可能有这等好事？谁信啊？其实是她被任命带两个小丫头去游乐场。—_—b

临出门前，老妇人对金秀真再三叮嘱：“>o<不可以把两位小姐弄丢。”她说这话的同时，两个小丫头交换了一个诡异的眼神。=^_^=

于是，金秀真领着她们踏向了不安的旅程，每一小步都是沉甸甸的。

“你们要听好哦！= =+千万不可以擅自行动，要听我的话。贵重物品要自己保管好，零食不可以超过100元。”一路上，金秀真一再地叮嘱她们，同时用眼神无声地警告她们：不要闹事！>_<不要惹事！你们不要给我制造麻烦！小心我剥了你们的皮！

“行了，~@^_^@~阿姨，我们又不是4岁小孩。”双双不以为然，脑海里酝酿着一个新的计谋。

阿姨？！ -____-″她皱了一下眉头。“\(╯ - ╰)/是啊，你们不是4 岁，是5 岁嘛。”还不是令人头痛的小孩一个。哦，不，是两个才对。- ︵ -

“喂，→ _ →我要吃那个。”单单扯了扯她的衣角，指着一个路人手上的雪糕。^_^

“一　一+ 想也别想。”金秀真毅然决然地拒绝。

“*>﹏<* 我要吃！我要吃！”单单倒在地上哭着耍赖，“~~>_<~~ 我就是要吃！”

双双见到姐姐哭，::>_<::也跟着一屁股坐到地上号啕，引来路人的侧目。

金秀真暗自发誓终有一天她要亲手掐死这两个死丫头。>_<#

“行行行，ˋ︿ˊ算我怕了你们，我这就去买。”她望了望四周，见到马路对面不远处有一间超市，“>_<你们给我乖乖呆在这里不要动。”

“嗯。”她们两个重重地点头。*@ o @*

得到她们的保证后，她才放心离开，一 _ 一可是怎么总觉得有点怪怪的？她停住了脚步，一个转身，只见两个小丫头正往反方向逃跑。

“该死，>o<你们快给我滚回来！”她冲她们的背影喊道，她就知道这两个死丫头不会那么安分。

她们回过头，扯下一边的眼皮，送了她一个鬼脸：“来追

我们啊，\^o^/ 哈哈！笨蛋！”

可恶！.\\/.

金秀真怒气冲天地从挎包里摸出一条绳索，有模有样地拽着一段往上摇了几圈，向前一放，再收回来。

咦？怎么没有套到人？

笑话，她怎么可能会这种本领。=_=

晚上。

她真的把她们弄丢了。<@_@>

天地良心，日月可鉴啊！明明是她们自己跑掉的，~~>_<~~跟她可是一点关系也没有呀！5555~~>_<~~不过，天和地、太阳和月亮能替她说话吗？=_=

她扭动门把，小心翼翼地推开门。老妇人正立在门内等她。

“HI！管家还没睡吗？”- -||||

“两位小姐…－０－…”

“对不起，>_<对不起！”她截住她的话，先发制人，“她们是不见了，不过请相信我，是她们自己要跑的，我是冤枉的。”０（>_<）０

“哈，└(^o^)┘你说谁自己跑了？”二楼的阳台上冒出两颗小脑袋，正是单单和双双。

“你…o_o…你…o_o…们…o_o……”她想问的是，“你们

怎么回来的？”

“^^v 是警察带我们回来的。”单单回答，呵呵直笑。

“怎…+_+…怎…+_+……”她想说的是，“怎么可能？”

“为什么没可能，*^_^* 你少瞧不起我们 5 岁的小孩。”双双接道。

“可…－_－#…可…－_－#……可是你们不是要逃跑吗？”

“>o< 谁说我们要逃跑的，明明就是你丢下我们不管的。”两姐妹一起睁着眼睛说瞎话。

虾米？“T^T 喂，你们不要胡说！”金秀真仰起头举高手发出不满的抗议。

“我们没乱说，>o< 整件事情管家都知道的。”把责任一推，两颗小脑袋一缩，不见了。

“－0－金小姐，”老妇人声音一沉，“还记得在出门前我跟你说过什么吗？”= =+

“记……记…╯﹏╰…得……”金秀真的声音渐渐低下去，明显底气不足，“{{{(>_<)}}}请相信我，她们两个在撒谎。”

“-.- 不必多说。”老妇人一喝，“╰_╯ 自己做错的事就要自己承担后果。”

金秀真张着嘴，顿感百口莫辩，她真的是无辜的！//(ToT)//

寒流来袭，今晚的气温跌破纪录，低得不像话，她换上一身泳装被老妇人罚站门外。…(⊙_⊙)…

妈的，o_o……变相的体罚。

最后一天，金秀真起了个大早，^_^ 心情格外愉悦，就跟普照大地的阳光一样明朗。

“我们要走，一 一+ 你很高兴？”单单和双双拎着大包小包的行李走下楼。

呵呵，*>_<* 有那么明显吗？金秀真抓抓脸：“~ o ~ 你们多心了。”

她只差没敲锣打鼓，打横幅写上“欢迎离开”四个大字。↖(^ω^)↗

两人的目光在她身上扫视半晌，单单别过脸，不甘心地开口：“-.- 你合格了。”

“什么？”(+_+)？

“这个给你。”双双递给她一张叠了好几层的纸，“>_< 等我们离开后才能打开喔！”

接过纸，金秀真第一次认真地打量起她们，心情感到莫名的沉重，竟然有那么一丝不舍。她大概是被她们虐疯了。一_一^

“还有，*@_@* 其实我们在美国已经有未婚夫了。”

说到这里，她们俩红着脸低下头。`(*^_^*)′

“吓？”+_+

“你看，^_^o~~~ 这就是我们的未婚夫。”两人分别从各自的挎包里抽出一张照片，在她眼前晃啊晃的，两张照片是同一个人，“而且整你的那些办法，都是他教我们的。”^_^”

仔细一瞧，她的眼睛睁得圆又圆，不禁现出两只爪子死命地拽着那两张照片。

“金展阳！”

咻——一架飞机划过澄静的蓝空。

离别信。

给小真阿姨：*+ ___ +*

不要怪我们叫你阿姨，~~~^_^~~~毕竟我们相差了11年，叫你阿姨绰绰有余。

哈哈，我们知道你现在一定气得七孔冒烟！*^ ◎ ^*来打我们吧，来呀！

哎呀，不逗你了，说回正题。

尚哥哥是好人，虽然还是搞不懂他的眼睛到底哪里出了问题，(-.-)为什么会看上你。不过，他一旦认定的事就不可能改变，所以你——金秀真，逃不出他的手掌心了，你尽早认命吧！~~~///(^v^)\\\~~~

我们在这三天里，在你背后一直打电话给尚哥哥说你的不是，不过，尚哥哥总是很坚决地站在你那一边。︶_︶

唉！罢了，你以后要好好照顾尚哥哥啊。

不要太想我们，后会有期。

单单和双双。

这两个死丫头在“在你的”三个字下面画上红线。*@︿@*

她把信揉成团，扔在地上，打开窗户，冲着万里无云的天空嘶吼：“你们最好不要再回来了！”顿了顿，又吼道，“金展阳你这个兔崽子，＞﹏＜想活命就不要给我回国！”

这时，远在美国的金展阳打了一个喷嚏，是谁在想他了？⊙﹏⊙

第十四章 鸡蛋节

有不少学校都创办了属于自己的特别节日，让同学们可以趁此节日进行感情的交流。^o^

第二学期刚开学不久，便迎来了高职学校一年一度的鸡蛋节。*^____^*

在这一天如果对某人有意见，=_=^ 就送给对方一颗鸡蛋。

所以在这一天，人人唯恐收到鸡蛋。+_+

而金秀真、朴素妍和尹香君三人因为那四只天鹅的关系已经收到很多颗了，她们倒不觉得不舒服，反正有免费的鸡蛋吃，~^o^~ 何乐而不为，她们还打算去附近的菜市场摆个小摊卖鸡蛋。\^o^/

“哇哈哈 ~~ 大丰收！”低头数着鸡蛋，金秀真差不多要流口水了，“这下子 ~~~^_^~~~ 赚翻了！”她似乎已经看到一堆白花花的银子正对着她挥手。$_$$_$$_$

叹了一口气，朴素妍却不以为然，她拿起一颗鸡蛋，头疼地说：“－_－b 这些鸡蛋要怎么处理？”

三人把收到的鸡蛋集合在一起，堆积成好几个小山丘。

“o_o 搬走。”尹香君给出简单的两个字。

“问题是我们要怎么搬？－_－#”拧起柳眉，朴素妍指出问题的关键。

尹香君摊摊手，表示自己也无计可施。

“放心，我一早就想好应对办法了。”金秀真慧黠的眼睛亮了一下，举起手机。

“手机跟搬鸡蛋有什么关系？”朴素妍不解。

“笨。”金秀真赏她一个爆栗，“你想想是谁害我们收到这么多鸡蛋的？”呃…<@_@>…其实不能说害了，她还蛮高兴的。呵呵，接下来几个月的早餐都不用抱枕头发愁了。

“因为毅天啊。”提到心上人的名字，朴素妍流露出小女孩的娇态。#ˆ_ˆ#

“没错。就因为他，还有其余三只。”奇怪！好为什么用“只”不用“个”？

原因很简单，因为她根本不把他们当人看。∩__∩y

再次高举手机，她纤指一挥，指着鸡蛋说：“由于时间的关系，˜@ˆ_ˆ@˜ 我已经打电话叫他们来了。”

话音刚落，突然，一颗石头撞响窗户，不用看也知道是谁干的。她打开窗户，看到下面站着四只小天鹅还有崔娃娃，于是露出开心的笑容。*ˆ@ˆ*

“嗨，˜˜˜///(ˆvˆ)\\\˜˜˜ 你们来啦！”有求于人的时候，廉价的笑容是必须的。

“金秀真，你叫我们来究竟要干什么？X__X”姜英尚仰起脖子，对着楼上的金秀真大喊，“你知不知道我们学校离你们有

多远？”

—_—b 能有多远，不就过一条马路嘛！

她也扯开嗓子喊道：“>_<真是辛苦你们了，上来再说。”

一伙人呼啦啦地踏进教室大门，权正勋第一个看到那几座小“山丘”，嘴角微微向上勾，趁机调侃道：“哟，＊+ ＿+＊你们什么时候成了母鸡，还下了这么多蛋呀？”

金秀真白他一眼，懒得跟他废话，直接跳进主题：“我要借你们的老地方去卖鸡蛋。”＞＿＜

“什么？”四只小天鹅齐呼，这么一句有爆炸性的话，炸得他们耳朵嗡嗡作响…@_@|||..

她斜睨他们，闷哼：“别以为我什么都不知道，上次我们去的那个PUB是你们合资开的，也就是你们的老地方。”^_^

“—　—+你怎么知道的？”四只小天鹅大惊。想当初他们都是隐藏了真实身份才投资的，开了那个PUB后，就在背后用电脑操作、经营。可以说除了他们自己外，根本没有第五个人知道那PUB真正的股东是他们。⊙o⊙

“你们管我怎么知道的。”她扬高鼻子，“~@^_^@~总之不管你们愿意与否，那个PUB我是借定了。”

在PUB里卖鸡蛋！光是想到那个滑稽的景象，池毅天就忍不住打了一个寒战：“我说金秀真大小姐，你难道就不能去菜市场卖你的鸡蛋吗？”\(╯-╰)/

“这问题提得好。^_^ 我本来有那个打算的，不过嘛，菜市场的人流量没你们那里多，而且摆摊子还要收我摊位费。不值！∩_∩不值！”她晃了晃脑袋，嘿嘿地笑着，把朴素妍推到他跟前，“再说了，你老婆也是赞成的喔。”=@~@=

“我？”朴素妍一脸茫然，她什么时候说过赞成了？“我…*x*…没…*x*…”话未出口，突然觉得腰间一阵痛，是金秀真正在狠狠地掐她，慌忙改口道：“没…Q_Q…错，没错。”

池毅天一向老婆至上，朴素妍说一他就不敢道二。

OK，搞定了一个。

她转而望向崔娃娃，似有若无地瞟了一眼站在她身旁的权正勋，^_^ 笑了。

权正勋身上几百万个毛孔顿时悚然，怎么看怎么觉得她的笑容阴险。

“娃娃，你也会站在我这边的，对吧？”(^人^)

还没搞清楚状况的崔娃娃，愣愣地点点头，露出一个甜甜的酒窝。^v^

再次瞟了权正勋一眼，虽然她什么都没说，可是他已经从金秀真眼中读出了“你已经GAME OVER”的讯息。

他恨不得立即扑上去咬下她一块肉。>o<

头一偏，她把最后的目标锁定在达夫身上，托着下巴想了想，又看了看尹香君。－_－b 还是算了，美人计对他是没效的。

拉来一张桌子，她一个纵身稳稳地站在上面，拍拍手掌宣布道：“3比1，Y(^_^)Y鸡蛋胜利了！YEAH！”

“喂喂，什么3比1啊，尚跟我都还没有答应。”达夫捅了捅姜英尚，“兄弟，说句话吧，我们不能输给鸡蛋。”T_T

姜英尚扯了扯嘴，正要说话，就被金秀真截住了。

她的眼睛眯成一条线：“=_=^你应该不会反对我吧？”

他温柔地揉了揉她的头发：“场地借给你们卖鸡蛋是可以，*^_^*不过我有个条件。”

还要谈条件啊？金秀真在心底犯着嘀咕，果然世上没有白吃的午餐。

“什么条件？”她小心翼翼地问。—_—b

“—0—我要知道告诉你我们投资了PUB的那个人。”他直截了当。

犹豫了一下，她还是以“钱”为第一出发点，点头答应了：“>_<好，成交。”

“你们给我等一下。”达夫在一旁干瞪眼，“怎么可以这样？很丢脸啊！”0(>_<)0

金秀真望了望达夫的脸，觉得他在撒谎，~^o^~明明那张脸就在那儿摆着。

“金秀真，你专程叫我们来，不会只是为了单纯地‘借地’

吧？”姜英尚温润的嗓音唤回她的注意力。

↖(＾ω＾)↗“哎呀，讨厌啦！什么都给你看穿。”她第一次主动靠在他的怀里撒娇，一脸的矫情。

姜英尚不吃她这套，毫不怜惜地一把掐住她的脸颊：“套用你经常说的那一句话‘有P 就快放’。”

“呵呵，其实也没什么了。”她打着马虎眼，“只要你们出‘一滴滴’的力，问题就可以迎刃而解。”她用手比了比“一滴滴”的尺寸。

即将要出“一滴滴”力的四只小天鹅很有耐心地等待着她的下文。

一击掌，双手合十，她低下头说：“*＾◎＾*麻烦你们帮我们搬鸡蛋了。”

“什么？！”他们呆住了。

劲爆的音乐，嘈杂的人声，在他们推开门进来的那一刻，戛然而止。

一颗颗鸡蛋耸立在吧台上，吓得调酒师一愣一愣的，被人推开也不自知。

我是招谁惹谁了，>__<为什么非要干这种事。这是达夫此刻的想法。⊙__⊙

“喂，>_<# 你瞪着我们干什么？还不快工作！”姜英尚和金

秀真挑了张沙发坐下，架起二郎腿。

“算啦，^_^ 尚。不给他瞪，憋在心里会闷死他的。”权正勋揽着崔娃娃跟着坐下。

“没错，到时候他被闷死了，*+ __+* 会坏了我们大事。”池毅天拉着朴素妍最后一个走进来。

达夫嘀嘀咕咕埋怨了几句，他真是误交损友啊。~~>_<~~ 一时失策被他们逼去卖鸡蛋，他们当时是这么说的：“`︿´总不能叫我们的女人抛头露面吧，很丢脸的。”

“>o<刚刚答应的时候，怎么就不见你们有觉得丢脸。”达夫誓死不妥协，开什么玩笑，他们的女人不可以抛头露面，难道他就可以吗？.\\/.

“你应该看到的，M（_ _）M 当今社会女权当道啊！”

“哈哈，= =+ 好笑了。那你们怎么就不去卖鸡蛋？这事可是你们三个的女人搞出来的，自己的事自己收拾！”达夫低沉的语气里似乎带了一抹咬牙切齿。╰_╯

“话是没错了。^o^ 但，谁叫你是唯一一个反对她们的，因此我们左思右想，为了令你也能够体会我们支持她们的心情，所以给你亲身体验的机会。”说罢，三人一步步逼近他。

他节节后退：“胡说八道，乱七八糟！0_0 你们不过是中了美人计。…@_@…喂，你们要干吗…T_T…啊！”最后他还是被降服了。

心不甘情不愿按照金秀真的意思在一块木板上标好了鸡蛋的价格，他举起木板挡住自己的脸，低声说道：“卖鸡蛋。”ノ－ㄟ

一阵闷笑声响起，他真想揍死他们。

哈哈哈…~~~^_^~~~…金秀真憋着笑：“喂，你也太小声了，谁听得到啊。”然后叫同样忍俊不禁的朴素妍把准备好的大喇叭递给他。

这次他有点赌气地对着大喇叭叫道：“卖鸡蛋！”(>_<)

“轰”一窝蜂女生蜂拥而上，每个都喊着：“我要买，我要买达夫的鸡蛋。”\^o^/

“怎么样，^^v 我这个IDEA，你还满意吧？”姜英尚笑眯眯地玩起打火机来，打火机一喷出火焰，他就吐气吹熄，一再地重复这无聊的动作。

“好，=^_^=好极了。”金秀真拍手叫好，出卖朋友这种事，你比我干得还好。她偷偷在心里补上一句。“我就觉得奇怪你为什么会提出要达夫去卖鸡蛋，现在我终于懂了，市场效应真不错。”*^____^*

姜英尚一笑：“= =+我也觉得很奇怪你为什么要叫尹香君独自坐到另一张桌上。”他用下巴指了指在另一张桌的尹香君，“我可以知道答案吗？”

她也看了过去，诡笑：“答案等一下就会自动揭晓。”－_－

咚！一部手机滚落到金秀真脚边，她弯腰捡起，一看款式就知道是崔娃娃的。

“谢谢。”崔娃娃接过手机后，继续坐回权正勋的旁边发短信。~@^_^@~

说到崔娃娃和权正勋这一对，~*.*~金秀真只能用“不可思议”四个字形容。

曾经听姜英尚说，权正勋有个三年的短信网友，而且是个女的。两人虽然一直未曾见面，但彼此对对方的信任度很深，权正勋有什么事都会跟她说，*^@^*每次也只有她才有办法化解他的烦恼。反之，女孩不开心的时候，一向不爱说笑话的他，翻遍了整个图书馆的笑话大全，只为了逗她笑。∩__∩y

在一次偶然的机会下，他们巧遇了，并且开始交往，那个女孩正是崔娃娃。

如果电信公司有举办什么短信大奖，-____-"那么无疑非他们两人莫属。

他们的交往方式一直很令人匪夷所思，明明大家的距离就在一丈之内，他们都情愿捧着手机敲字，也不愿哼一声。-︿-

看着他们这样，做旁观者的金秀真反而觉得疲惫不堪。

第十五章 难以琢磨的恋情

收回放在这对怪异情侣身上的视线，金秀真回过头望向尹香君，对于身边三个好友的恋情，她比较关注尹香君这一段苦恋。{{{(>_<)}}}

搞不懂，真的搞不懂，她问过很多次尹香君：“(+_+)？达夫到底哪一点好，值得你这样为他付出？”

尹香君每次听后总是笑笑，然后扬起睫毛，眼睛变得迷迷蒙蒙的，柔得像水，甜得像梦。她幽幽地说：“他是第一个给我笑容的人。”^_^

呆呆地望着她，金秀真懂了，不需要再多问些什么，她可以清清楚楚感觉到…(⊙_⊙;)…尹香君身上的每一根纤维、每一个细胞，都在诉说着对达夫的爱恋。╯﹏╰

于是，金秀真决定帮她一把，＞﹏＜她们要放手一搏，赌达夫对她的感情。尹香君更是把一生的筹码都压在了这次的赌注上。::>_<::

“小真！小真！”朴素妍激动万分地摇着她，像哥伦布发现新大陆一样，“你看，→_→香君居然跟其他男生说话啊。”

头晕晕的！..@_@|||..这丫头想谋杀啊！

金秀真拍开她的手：“别再摇了，我看到了。”这只是她们的第一步。-____-″

只要让美丽冷艳如雪莲的尹香君只身一人独处，*^o^*//就会自然而然地引来一群嗡嗡作响叫个不停的苍蝇。

头转90度，她看了达夫一眼，恰巧他黝黑的眼眸正在转也不转地盯着尹香君，深沉的、复杂的、难懂的目光交织着，脸上却平静得不见一丝波澜，继续卖着他的鸡蛋。

好小子，︶_︶看你还能撑多久。

她打了一个响指，尹香君听到响声后，脊背僵硬了一下，犹豫了好一会儿，磨磨蹭蹭地把头靠在离自己最近的一只苍蝇的胳膊上。#^_^#

干得好，^◎^香君！金秀真在心中呐喊，只恨现在手上没有哨子。

“你们看！0（>_<）0你们看！”这次换成是崔娃娃在大呼小叫，“达夫已经捏碎了好几颗鸡蛋了。”0 0

= =+大伙儿的目光齐刷刷移到达夫身上，达夫铁青着脸，握在手上的鸡蛋都被捏得粉身碎骨，>_<他死死地盯着那只苍蝇，似乎想用恶毒的眼神杀人。

早表现出这个样子，不是很好吗？—_—^就不用浪费时间，浪费鸡蛋了。金秀真想，再次打了一个响指。

尹香君听到响声后，做出了下一个举动。

她挽起那只苍蝇的手，挨着他，走出了PUB。-.-

扔掉手上的鸡蛋， 达夫单手撑住台面，轻轻一跃，人已经

落在了吧台外，心急火燎地追了出去。╰_╯

事情演变成这样，除了金秀真之外，其他人都被弄得一头雾水。(? ε ?)?

金秀真一边哀叹着她死伤惨重的鸡蛋，一边为尹香君感到高兴。

香君，你等到了。\^o^/ 你知道吗？你胜利了！你一直以来的努力并没有白费，你终于守得云开见月明，为这段苦恋画上了休止符。

姜英尚用手指轻轻划过她的鼻尖，像是明白了什么。-_-

他说："是你安排的吧？在 PUB 里卖鸡蛋只是个掩饰，你真正的目的是要撮合他们。"

"你在说什么？＋__＋我听不懂。"她装疯卖傻。-. -

他显然不肯放过她："那你解释一下，^_^ 刚刚打那两个响指是什么意思？"

真讨厌，有个太了解你的人，让你想装傻都不行。~>_<~

"呵呵！那个啊…= @ ~ @ =…"她淘气地笑着，"手指痒嘛 。"

闻言，他立刻轻笑出声："=^_^= 那你手指现在还痒不？"他抓起她的手，仔细翻看她的手指。

"好多了，^o^ 好多了。"她仍旧呵呵傻笑着。

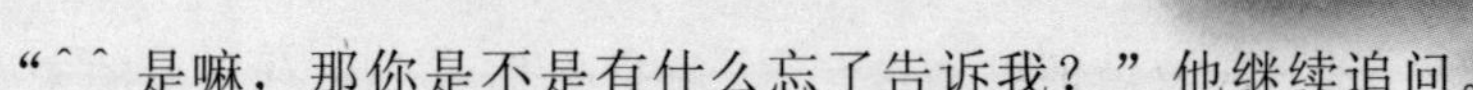

“^^ 是嘛，那你是不是有什么忘了告诉我？”他继续追问。

“呃…-.-…有…-.-…有吗？”

“那个条件。”他干脆直说。^@^

“呃…X＿X…”他怎么还惦记着，她搔了搔头，“其实那个人是我的…X＿X…”展阳啊，你千万不要怪老姐不守信用，实在是你未来的姐夫太恐怖了。{{{(>_<)}}}

晚上。

在网上遇到了久违的金展阳，\^o^/正忙着打泡泡堂的金秀真一见到他上线就退出了游戏。

她对着他的QQ头像发了一个脸红的表情。~~~^_^~~~

“怎么？ˉOˉ姐，你发烧啊？”他回复道。

－_－ˆ 她翻了个白眼：“老弟，你很没情调啊，那是我想你的意思。”>_<

“女人就是麻烦，－0－想就直接说嘛，干吗要搞那么多花样。”他不满。

算了，跟他说了也是白搭。- -|||||

为了不气死自己，转移话题是最好的方法：“老弟，ˆˇˆ老实招供，听说你在美国艳福不浅喔！”有两个长得这么卡哇伊的小未婚妻，当然，长相和个性不能混为一谈。－_－b

“ˋ︿ˊ你听谁说的？”

她笑意盈盈地敲道：“^_^就是你那两个只有5岁的未婚妻啊。”她几乎可以想象到他惊讶的表情。

那边沉默了半晌才飞来一条信息：“老姐，⊙﹏⊙老实招供，你和姜英尚的关系？”他学她刚刚审问他的口吻。

呃…*+﹏+*…有个太聪明的弟弟，真不是件好事。

“如果我说跟他没有任何关系，>﹏<我甚至不认识他，你信吗？”

“你能发誓吗？”→_→

“>_<我发誓。”

“我更加不信。”0__0″

“啊..@_@|||..为什么？”难道她的誓言就那么不值钱？

“老姐，别忘了我们是从同一个肚皮里钻出来的，我还不知道你在想什么吗？发誓当吃蔬菜。”一　一+

“…~~>_<~~…”她无言了，附上一个哭脸。

“单单和双双是我未婚妻没错，⊙o⊙这个以后有机会再告诉你。上次她们叫我出主意害的人是老姐你吧？”

提到这个，她有点发火：“是啊，*@_@*你居然还有脸说，～ o ～都不知道害得我多惨。”后面再加上一个愤怒的表情。.\\/.

“>_<如果我事先知道是你，我肯定不会帮她们的。”

她本来还想痛骂他几句，但转念想到今天出卖了他的事，就很温和地说：“└(^o^)┘哎哟，算啦算啦，两姐弟嘛。老姐不会记在心上的，呵呵。”她想了想，又在后面追加一句，“要是我以后做了什么对不起你的事，你也要大发慈悲原谅我喔！”~^o^~

“-.-这话看起来怪怪的，你是不是已经做了什么对不起我的事啦？”

啧，╯_╰不愧是她老弟，真敏感。*.*

“没有，^@^没有。”她当然打死也不肯承认。

幸好他也没有再追问下去：“老姐，╰_╯你还没交代你和姜英尚的关系！”

“-︿-就是你想的那种关系呗。”反正迟早也要面对，她也就没必要再隐瞒了。

“好，我知道了。”他在下线的前一秒发了这么一条信息，“^_^记得不要欺负人啊。”

“…>c<…”听听这是什么话啊！弟弟长大了，胳膊儿往外拐。

第二天早上。

昨天她们三个跟四只小天鹅在PUB里卖鸡蛋的事又再一次轰动了全班。幸哉！^o^这次不用再被罚去洗厕所，而是直接被打包送进陈老太的办公室。o_o

早恋！-_-在老一辈人的思想里，依旧是不被允许的。

相对于陈老太的凝重，三个肇事者可就轻松多了，东一句西一句地闲聊起来。(^-^)

“昨天赚了不少，^v^今天放学我请客。”金秀真拍了拍胀鼓鼓的裤袋，难得豪爽地说。

“\^o^/赞成！”朴素妍大叫，“对了，听说隔壁街开了一间服装店，不如放学后也去看看吧？怎么样？”她带着期待的眼光询问其余两人。*^?^*

“-_-我没意见。”尹香君回答，恋爱中的她，仍旧改不了淡漠的性格。

“好！*o*这次一定要满载而归。”金秀真说，“对了，把娃娃也叫来。”

“咳，咳！”T^T太不像话了！她们以为这是上台领奖吗？一个个喜上眉梢的，做春风得意状，哪有半点反省的样子？陈老太轻咳两声打断她们的闲聊。

“－0－关于你们三个的事，我已经从其他同学里了解到大概的情况了。”她长叹一声，接着说，“你们现在还小，并不完全明白爱情究竟是什么。你们现在当务之急就是学习…= =+…为自己日后的前途铺路…>_<…”.\\/.

“-_-^我们才不是不明白。”朴素妍低声咕哝道。

耳尖的陈老太听到了，她说：“╰_╯那好，我倒要听听你们对爱情的见解。朴素妍你先说。”

>__<被突然点名的朴素妍愣了一下，然后想了想，做了一个深呼吸，说道：“*+ __+* 爱情嘛 ~~ 你可以说它像白粥一样，细水长流…⊙__⊙…你也可以说它像巧克力一样，有甜有苦…^_^″…你又可以说它像花一样，散发芬芳…^_^…你还可以说它像爆米花一样，清脆可人……（下面省略N个比喻）”摇头晃脑，朴素妍喋喋不休地发表了一篇“爱的比喻”，令在场听者汗颜...@_@|||..

直到今天金秀真才知道朴素妍文采如此了得，这一连串的比喻真不是盖的，更不是普通人能说出来的。她自认自己只是普通人一个，所以当陈老太问到她的时候，她只简单地说了一句：“@_@a 萝卜青菜各有所爱。”气得陈老太直跺脚。

不过，尹香君回答得比她更精辟，陈老太只差没就地吐血身亡。

“冷、暖、自、知。”～ o ～

谈话到此结束，三人快意而出，独留下陈老太大拍额头，感叹：“我老了！”＋__＋

回到教室不久，朴素妍的手机响了，她看了来电显示后，把手机递给金秀真：“~w_w~ 找你的。”

“找我的电话，v?v 怎么会打给你？”金秀真满腹疑惑地接过手机，“喂，*^__^* 哪路神仙？”

“>”<该死的！你最好给我一个让我满意的理由，你手机怎么关机啦？”话筒里头传来姜英尚微怒的声音，好像不只一“点”。奇怪，他干吗这么生气？一 一+

(+_+)?“我手机有关机吗？”她挑了挑眉，侧头用肩膀夹着朴素妍的手机，从柜子里翻出自己的手机，看了看，“没电了嘛。”*@ o @*

“可恶！>o<总之以后不准把手机关掉。”他专制地下达命令。

“喂，你要搞清楚，\(╯ - ╰)/我并没有刻意把它关掉，是它没电自动关机的。”她再次声明。-____-”

“-︿-还不是一样，谁叫你没帮它充够电。”他硬是把道理拉向他那一边。一_一b

这男人，真够胡搅蛮缠的，- -||||| 她也懒得和他吵了。

“好了，@_@你找我究竟有什么事啊？”

“放学后有没有空？”>_<

“一0 一没有。”

“不可以。”0（>_<）0他立刻又大叫起来，霸道地说，“一定要有空，听到没有？”

神经啊，>_<#既然要求她一定要有空，那他刚刚问她“放学后有没有空”这一句根本就是名副其实的废话嘛。= =+

“::>_<::不可以。”她也叫起来，反驳他，“我一早和朴

素妍她们约好了。”＞﹏＜

“ˋ︿ˊ你们女人约在一起，不就是去买衣服和化妆品吗？这些琐碎的事，改天做也可以。”他倒是挺理解女人的。*+﹏+*

“x__x不可以。”她依旧不依，“于情于理，我和她们约好在先的，⊙﹏⊙凡事要有先来后到的顺序。”

他长叹了一口气，放软了语气：“今天是个很特别的日子，我想带你去一个地方。”

这一声长叹，0__0″犹如千斤巨石般沉重，她的胸口一闷，像被什么东西敲了一下，有个小小的声音在跟她说：不去她会后悔的，会伤了他。一 一+

第十六章 悲伤的往事

“金秀真，～ o ～跪下来。”

“喔，π _ π 这就跪。”

“金秀真，(一- -一) 香烛呢？”

“喔，ˇ︿ˇ 在这里。”

“金秀真，＊x＊ 火柴呢？”

“喔，…-.-…等等，我身上怎么可能有这种东西，你不是有带火机吗？”

“`o` 我随便问问不可以啊。”

“…o _ o…”

她不知道他为什么要带她来这种鬼地方，Q_Q 没骗你，这里真的是鬼住的地方——墓地。

-~>_<~+--

黄昏的天际，几只鸟儿低低地飞过。⊙o⊙

一束白菊花倚在墓碑上，*@_@* 旁边的香炉插着三枝香火，前面有一男一女跪在地上，叩了几个响头。

“～ o ～今天是我妈妈的忌日。”姜英尚平静地说，脸上却滑过一抹不易察觉的感伤。

可金秀真还是捕捉到了，她笑了笑，对着贴在墓碑上一张美妇的照片打了个招呼：“∩ _ ∩嗨，你好。”当她说完之后，身边突

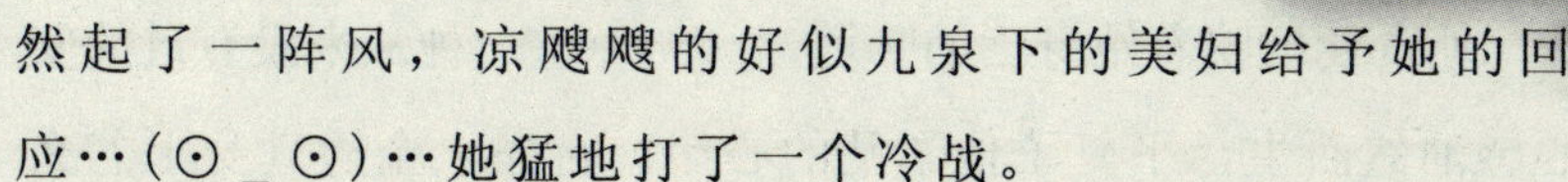

然起了一阵风，凉飕飕的好似九泉下的美妇给予她的回应…(⊙_⊙)…她猛地打了一个冷战。

姜英尚好笑地看了她一眼，ˆˇˆ一双黑眸渐渐变得深邃。打开尘封已久的记忆枷锁，他开始诉说他的故事：“在我记忆中我妈身体一向很娇弱，￣○￣我上幼稚园第二年，她终于还是熬不住，一病不起。-.-我爸很少提起我妈，应该说，我爸根本不喜欢我妈，和她结婚也只是老套的商业联姻。妈死后的一年，我爸一连养了三个情妇，三个都是他的最爱。”说到这里，他眼里泛起了一层雾气。T_T

鼻子酸酸的，<@_@>金秀真被他受伤的表情扣紧了心弦。她抬手想帮他拭去眼里的泪水，却被他紧紧握住。=_=

“＞o＜我很恨我爸，真的很恨。”他突然笑了，很苦涩，“但说来好笑，－_－b我却不恨他的三个情妇。她们都是好女人，@_@是她们把我当成亲生儿子一样带大的。”叹了一口气，他声音带点沙哑，“不过依然填补不了我内心那一块残缺。-︿-对母亲的思念，对父亲的痛恨。”说到最后，他几乎哽咽。{{{(>_<)}}}

“嘘，+_+你别说了，别说了。”金秀真一把抱住他的头，她知道肩膀上湿漉漉的是他的泪水。//(ㄒoㄒ)//

唉，原来有钱人也有有钱人的烦恼啊，╯_╰一段不美满的商业婚姻，造成了下一代的痛苦。

他贪婪地嗅着她身上的味道，~@^_^@~一种从来没有过的安心感油然而生，平复了他紊乱的心绪。奇怪，金秀真身上怎么老是带着一抹他最喜欢的茉莉花味。这股香味勾起他对一个小女孩的回忆。想到那个小女孩，他忍不住仰头大笑出声。*^^*

她吓了一跳，扬眉道：“喂，@︿@ 你没事吧？”这男人又哭又笑的，是不是傻了？—_—^

“^ ω ^ 想到一件有趣的事。”他扶起她，两人一起从地上站起来。

她撇着小嘴，酸溜溜地说：“-.-是不是在想其他女人？”

“咦，\^o^/ 你真聪明。”他一扫刚才的阴霾，双手环着她的腰，故意说得不明不白，就为了看看她的反应。(^v^)

“T^T 你个王八蛋！”手一用力推，她打算来个谋杀，谁知…>_<…“你真重。”手指大概要骨折了。~~>_<~~

他笑着搂她入怀，*^____^*不顾她的拳打脚踢：“想不到你的醋劲这么大，我真高兴。”

“>o<神经病，快放开我。”她像掰玉米似的掰着他放在她腰上的手。

“先别激动，^o^ 听我说。”他收紧手臂的力度，“我上幼儿园的时候，有一次动手打了几个女孩子。”Y(^_^)Y

“什么？￣○￣你打女孩？”她惊呼，用怪怪的眼神睨着他，心想着，看来日后要和这个暴力狂保持一段距离。

“其实也不是打了，-.-我只是轻轻推了她们一下。”他慌忙摇头解释，“之后有个小女孩跑出来为她们伸张正义。”

“~^o^~干得好！”她大声喝彩，随即又一脸担忧地问，“::>_<::那你有没有连她也打了？”

他捏了捏她的鼻子：“＞__＜当时我是有打算给她一点教训，而且根本不把她放在眼里。不过…→_→…最后……”他思索着，不知道该不该再说下去，毕竟这并不是什么光彩的事...@_@|||||..

“最后什么？⊙__⊙快说啊！”她听出兴趣来了，摇着他的肩膀催促道。

他看着她兴奋的样子，笑道：“最后反而是我被她收拾得很惨。-____-”不只我，还有毅天、达夫、正勋他们三个也打不过她。”—_—ˆ

“哇哈哈~~好帅喔！M（_ _）M那女孩是我的偶像。”她笑得前弯后倒，转念想到另一个问题，“>o<你给我老实说，你那时候有没有喜欢上那个女孩？”她以食指戳着他的胸口，像妻子训夫一般..\\/.

“>_<冤枉啊！”他举起手大呼，以示自己的清白，“我们那时候不知道有多恨她，- -||||| 被一个女孩子打得这么难看，隔天我们就转学了。现在回忆起来，只是觉得很有趣。”

“真的是这样吗？”她要得到他的保证。-.-

“~*.*~千真万确。”他挑起她的下巴，俯下头，寻找她的嘴唇。

0（>_<）0“等等。”她闪开了，调皮地对他眨一下眼，“我还有个问题，你为什么要带我来见你妈？”

他笑了笑，调侃道：“哟，^v^ 我的小真什么时候变得这么笨了？那么白痴的问题，居然还好意思问出口。^^v”顿了顿，又说，“其实是我妈死之前，偷偷跟我说，要是我以后找到喜欢的女孩，就带来给她见见，在她的墓碑前叩几个响头。”=^_^=

“+_+ 叩几个响头？”她尖叫，嘴角抽搐，“你妈还真是幽默啊！”=_=^

他撩起她的一根发丝去搔她的脸：“好了，－0－要知道的你都知道了，响头你也叩了。*^_^*我们是不是要继续刚刚未完成的事啊？”他再一次俯下头，@_@ 她笑着踮起脚，把手环在他脖子上。

冷风呼啸而过，一朵朵白菊花迎风轻舞。

过了很多年后，他们才知道，那个小时候把姜莫尚害得颜面全无的小女孩原来一直都在他的身边…^◎^…

晚上，崔娃娃一通电话，召集了她们三个到她家。

“说吧，￣○￣三更半夜叫我们来干吗？”金秀真啜了一口果汁。

崔娃娃没有回应，－_－只是一个劲儿地在翻腾着衣柜，叫佣人帮忙搬来一堆衣服及几个精美的箱子。>_<

“哗~~^o^~哗~~~好多很可爱的衣服啊！”朴素妍眼前一亮，幻想着这些衣服穿在自己身上的样子。↖(^ω^)↗

“° o° 而且都是名牌。”尹香君看了一眼挂在衣服上的牌子，补充道。

“你们喜欢就全拿去吧。”崔娃娃漾起一贯甜美的笑容，把衣服推到她们面前，“*^__^* 这些摆着，我也用不到。”

“*∩_∩*真的可以吗？”朴素妍贪婪地摸着那些衣服。

金秀真看了她好一会儿后，说：“⊙ ⊙没事献殷勤。娃娃，坦白从宽，是不是有事要我们帮忙？”ˇ︿ˇ

“小真，＋__＋我有时怀疑你身上是不是装了透视器？”崔娃娃柳眉轻蹙。

金秀真放下手上的果汁，专注地看着她：“*>.<*我当你是好朋友才会那么关注你的。”

“*@ o @*谢谢你。”崔娃娃由衷感谢，继而甜美的笑容转为苦笑，“你们能不能帮我跟踪正勋？”*^︶^*

“<@_@>跟踪？”三人惊呼，互相望着彼此，想确定自己的耳朵是不是出了问题。

“他冷淡你了吗？”尹香君淡然道。-_-

抿紧嘴唇，T_T 崔娃娃微微颔首，通红的眼眶仿佛随时都会流下泪来。~~>_<~~

“＞o＜他要和你分手吗？”朴素妍问。

崔娃娃依然没有说话，-︿-垂下眼帘，轻轻地摇摇头。::>_<::

“你不说话，`︿´我们不知道要怎么帮你呀！”金秀真烦躁地抓了抓头发。

“他…//(ㄒoㄒ)//…”崔娃娃喘了一口气，吸了吸鼻子，忍着泪水道，“X__X 他前一段时间参加了一个短信交友会之后，就很少和我在一起了。\(╯-╰)/”她抬起眼，揪紧衣角，情绪略显激动，“甚至有一次我还亲眼看到他和一个女孩子在一起。”*@︿@*

说到伤心处，~~>_<~~泪水像断线的珍珠一样滚落，她断然道：“＞_＜他可能不再喜欢我了。”一副我见犹怜的梨花带雨样，就算是铁做的男人看了都不免会泛起一丝怜惜。

“好了好了，－_－^ 别哭了，我们帮你跟踪就是了。”金秀真抽了几张纸巾塞到她手上。

听到她的回答，在场三人有两种不一样的表情。- -|||||

崔娃娃擦干眼泪，再次露出灿烂无比的甜美笑容，道谢不断。└(^o^)┘

尹香君和朴素妍则是用看怪物的眼神看着她，一 一+连连后退，摆明要跟她划清界线。(-.-)

“>″<你们两个也太不够义气了！”金秀真从沙发上跳下来，冲着那两个逃得远远的家伙吼道。然后，想了想，转头一把抱住那堆漂亮的衣服：“＞﹏＜既然你们不帮忙，这些衣服就都归我啦！”⊙﹏⊙

呵呵，名牌的衣服低价卖出，^ ^ v 不知道又能赚多少了？（不过以崔娃娃的身高来看，她的衣服全部只能当童装卖。）

正所谓收人钱财，替人消灾。第二天，金秀真就展开了行动。*^o^*//

为了能更好地掌握权正勋的行踪，她很早就起来去跑步。

“╰_╯为什么他会在这里？”姜英尚说。

“::>_<::为什么我要在这里？”权正勋说。

“你一大早叫我们来跑步究竟有什么目的？”两人一起嚷道。@x@

“喂喂，*+﹏+*你们把我想得也太龌龊了。不就跑个步嘛，呼吸呼吸新鲜空气，我还能对你们有什么目的。”她眼里透着几分心虚。

“是吗？没有就好。”两人脸上明显写着“信你才怪”几个大字…(⊙_⊙)…

他们绕着公园兜圈圈，^_^金秀真趁此机会挨到权正勋身边打探“军情”，把一同叫来的姜英尚晾在一边。@_@a

她若有勇气回头的话，就会发现姜英尚冰冷的眼眸中蕴含着骇人的妒意。★~★

“*^__^* 我说正勋老兄啊，最近过得可好啊？”她嘿嘿笑着，先用客套话来慢慢引入正题。

权正勋警惕地盯着她：“都很好，@(一-一)你有心了。只要你离我远一点，我会更好。”他已经看到姜英尚杀人的眼神了。{{{(>_<)}}}

金秀真没把他的话当一回事，越靠越近，继续接二连三扔出问题轰炸他：“^@^ 听说你最近参加了个短信交友会，好玩不？@^_^@ 有没有认识什么女孩子啊？有和她们约出来玩吗？”

“这个…*@︿@*…”面对她的问题，权正勋只觉得冷汗直流，连手心也冒出汗来。

“>_< 快回答啊！”她朝他走迈一步，忍不住催促道。

“T^T 金秀真。”后面倏地响起冰冷的声音。

“一0一别叫我。”金秀真向后挥挥手，现在她所有的注意力全集中在权正勋身上。

“= =+ 金秀真。”冰冷的声音再次震动她的耳膜。

她挑了挑眉，转身不耐烦地吼道：“都说别叫我啊，没看到我正忙吗？”一_一

“好，`_´很好。”姜英尚慢慢地眯起凌厉的双眼，看得人心里直发毛，“金、秀、真，你、有、种！”他咬牙

切齿地说出这句话后，转身走人。

唉，-.-他又生什么闷气啦？金秀真着急了，赶紧追上去挽起他的胳膊：“∩_∩怎么了？”

他板着一张脸，重重地甩开她的手，大跨步往前走着。＞__＜

“哎哟，~~>_<~~ 好痛！”她一个重心不稳，摔倒在地。

听到她的惨叫，他慌慌张张地跑了回来，抓住她上下打量：“>o<怎么样？哪里伤着了？”

“好痛啊！＋__＋！”她又叫了一次，嘴角隐藏着一抹玩味的笑意。↖(^ω^)↗

“该死的，.\\/.究竟痛在哪？”他口气还是很粗鲁，她却听得眼眶一阵发热。

“全身都痛啦，王八蛋！>_<！”她突如其来地扑过去，紧紧搂住他的脖子，“我动不了了，背我。”(>_<)

她的一句王八蛋，化解了他心中的担忧。0 0

他掐了掐她的脸颊：“M（_ _）M 你喔！真顽皮。”背过她蹲了下来，“- -||||| 上来吧。”随即又威胁道，“你以后再敢和正勋那小子靠得这么近，－0－我就扔你去非洲的沙漠让你自生自灭。”

她愣了一下，伏上他的背，笑了，*^^*笑得好甜。

搞了老半天，原来他是在吃醋啊。她窃笑着，~@^_^@~打定主意不再折磨这可爱的小子了，于是附在他耳畔偷偷地把崔娃

娃昨晚拜托她的事，完完整整地说了一遍。#ˆ_ˆ#

他听后，僵硬的脸部线条瞬间舒缓了，拍胸脯保证这事包在他身上。

“其实正勋的事我最清楚了，你问我就可以嘛。”

“好吧，\(╯-╰)/ 那你说说看，他最近有什么行动？”

他侧头想了想：“>_< 没记错的话，他星期日好像有个约会。”

“是和娃娃吗？”她迫切地问。+_+

“~_~ 好像不是。”

“这样啊…*ˆ︵ˆ*…喂，不如星期日我们也去约会吧！”她突然一句语出惊人。*ˆ﹏ˆ*

“啊？！”

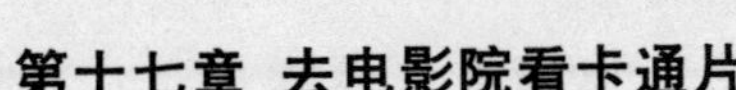

第十七章 去电影院看卡通片

星期日。*>.<*

虽说是为了跟踪才约会，但怎么说也是他们第一次正式的约会。金秀真昨晚兴奋得一夜无眠，一大清早就起来打扮。^_^

看着镜中的自己，有点苍白的皮肤，不算大的眼睛，不算挺的鼻子，不算小的红唇…… —_—^平时对自个儿的外表没怎么注意，鲜少照镜子，今天难得一看，心头突然涌出一股强烈的感慨：“天啊！原来我是长这样子的啊！我终于记得了。哈哈！”—_—b

唉，看来她也要认真做一回女孩子应该做的事了。

正值初夏，天气有点暖和，^o^金秀真挑了件清爽的套装，上了个淡妆，贴上假睫毛，点了唇彩，在镜前转了一圈又一圈，这才满意地出门。^-^

“=^_^=你有没有发现我今天有什么特别？”她张开手臂，*^____^*在姜英尚面前晃过来，又晃过去。

“=_=^特别？”姜英尚抚着下巴，瞥了她一眼，又望了望高高挂在天上的太阳，一副“我知道了”的得意状，“天气很热，你是不是中暑了？”^^v

“T^T去死啦！”她在他脚尖上狠狠地踩上一脚。

“SHIT！”他低咒一声。.\\/.

“嘘，- . - 别吵。”她捂住他的嘴，做噤声状，“他来了。”0　0

权正勋哼着歌儿，两手插在裤袋里，*^o^*// 晃悠悠地走了过来。姜英尚和金秀真像老鼠见到猫一样，神速地躲到了墙边。- -|||||

看到正勋拐进一间较偏僻的蛋糕店，∩__∩他们也跟着走进去，{{{(>_<)}}}并挑了个不起眼的位置坐下。

“°　o°他来这里干吗？”金秀真压低声音问。

“谁晓得，\(╯ - ╰)/ 应该是等人吧。”姜英尚拿起一旁的杂志挡住脸。

“＞﹏＜要是他等的那个是女的，╰_╯我就杀出去。”她握了握拳头，愤愤地说。

他按住她的手：“x__x 你先别那么激动，可能并不是你们想象的那样。”

“一　一+ 最好不是。”她撇了撇嘴，不再吭声。

这时，进来了一个异常高挑的年轻女子，⊙_⊙她径直走到权正勋的那张桌前，这似乎就是他要等的人。^_^

权正勋见到她后，*>﹏<*腾地从椅子上跳起来，很绅士地帮她拉开对面的椅子。^﹏^

两人一同坐下，相谈甚欢，*∩_∩*有说有笑的，完全没有察觉到自己已经被“盯梢”。=@~@=

啊…★ˇ★…什么呀…>"<…这女的不就是比娃娃长得高很多而已嘛，有什么了不起的。

金秀真不屑地撇了嘴，对姜英尚说："看吧看吧，→_→你的'好兄弟'脚踏两条船。"

">__<搞清楚状况再说吧，异性朋友约在一起聊天没什么大不了的。"他依然站在权正勋那边。^_^|||

">_<#没什么大不了！"她的声音立刻大起来，姜英尚想阻止已经来不及了，低头骂了她一句："笨蛋。"@x@

"⊙　⊙你们两个怎么会在这里？"权正勋诧异地看着他们。

"呃…@_@…"被发现了！"那个…-_-…这个…=_=…"她挠挠头，忽然指着窗外的天空尴尬地笑道，"哈哈，一_一#今天天气真好！"用手肘顶了一下姜英尚，要他想办法接下去。

姜英尚白她一眼，勉强挤出笑容："天气这么好，我们当然是出来约会啦！"└(^o^)┘

"约会？-.-在这里？"权正勋怎么看都觉得他们笑得怪异。

"怎么？走累了，*^@^*坐下来吃块蛋糕不可以啊？"金秀真先声夺人，瞄了一眼那个高挑女。

"有朋友在，`︿´怎么不介绍介绍？"

"^_^她不只是我朋友。"

“+﹏+ 不只是朋友！”金秀真提高了八度音量，→_→对姜英尚得意地眨眨眼。

看吧，他承认了。

少得意，他话还没说完呢！姜英尚回瞪她。一 一+

“她不只是我朋友还是我师傅，教我做蛋糕的。”权正勋又说 。

“师傅！^?^！做蛋糕！”此时，她的眼睛瞪得比铜铃还要大。⊙o⊙

“^_^ 是啊。”一直保持沉默的高挑女子说话了，“^v^ 我开办了一个蛋糕短信的交友会，^o^ 只要有会员想学做蛋糕，平时我就会约他们出来教他们制作的。^ ^v 正勋也是会员之一喔 。”

“哈~好兄弟，=^_^= 你无端端去学做什么蛋糕啊？”姜英尚拍着他的肩膀大笑道。

“-. - 你管我。”拂开他的手，一抹几乎不可见的红晕爬上权正勋的俊脸。#^_^#

高挑女偷偷掩嘴窃笑，接道：“~@^_^@~ 他是因为可爱的小女友快要过生日了，所以想亲手做个蛋糕送给她。”

不用问，*.*可爱的小女友无疑是指崔娃娃(因为身材矮小，所以在女友前面多加个小字)。

“师傅----0（>_<）0 ------！你出卖我！”权正勋恼羞

成怒地大吼。

高挑女像拍小狗一样拍着他的头："这有什么关系嘛，~^o^~被多一点人知道自己疼惜小女友是件很幸福的事啊！"看他们不说话，她又说，"不过，你这两个朋友还蛮'厉害'的，\^o^/我这店营业不久，没有做过什么宣传，地方又偏僻，*^◎^*他们居然也能找得到。"话毕，还别有深意地看了姜英尚和金秀真一眼。

他们两人心虚得直想在地上挖个洞把自己埋了算了。

"是喔，X __ X 他们在某些方面一向很厉害的。"权正勋也注意到问题的关键，继而想起前几天金秀真逼问他的事，"例如，跟踪？"-____-

"巧合！>_<！巧合！不要歪想，一切都只是巧合。"连忙打断他们的猜疑，金秀真急得额头直冒汗，她转头朝姜英尚打了个眼色，"尚，*+ __ +* 我们不是还要去看电影吗？够时间没有？"

接收到她投递过来的信息，姜英尚装模作样地看了一眼腕表："是啊。^_^ 差不多了，不好意思，我们先走了。"说罢，两人脚底抹油，开溜了！…(⊙_⊙)…

"呼！～ o ～"逃离了蛋糕店，金秀真呼出了一口气，第一次发现空气是如此新鲜。"看来我们真的是多疑了。∩_∩没想到，正勋为了娃娃，居然跑去学做蛋糕。"算算日子，崔娃

娃的生日真的快到了。^_^

“搞清楚，ˇ︿ˇ不是‘我们’，自始至终都只是‘你’在那边瞎猜的，听清楚没有？”他浓眉一扬，刻意强调区别。

“＋＿＋听到了，听到了。”好小子，这都要计较。

她打了一个哈欠，好无聊喔！“喂，>.<那我们现在要去哪？”

他牵着她的手，走在前头：“＞＿＜当然是去电影院。”

“去电影院干吗？”*+_+*

“去电影院除了看电影还能干吗？”→_→

茫然不觉中，..@_@|||||..她已经被他拉到了电影院门口。

他转头问她：“怎么样，要看搞笑片还是爱情片？”女孩子大多数都爱看这两种。@_@a

“>_<都不要。”她的回答令他大跌眼镜，然后见她一双眼睛贼溜溜地的转啊转，最后定格在墙上那张《网球王子》剧场版的海报上，说：“@ o @ 我要看卡通片。”

电影开演前，灯一灭，银幕上的影像逐渐鲜活起来。

“哗，帅哥喔！*^◎^*！”金秀真目不转睛地盯着银幕上出现的卡通人物，眼冒红星，傻傻地抓着旁边姜英尚的手，激动地叫道，“这是我最喜欢的类型啊，你看，~~~~^_^~~~是不是很帅？”\^o^/

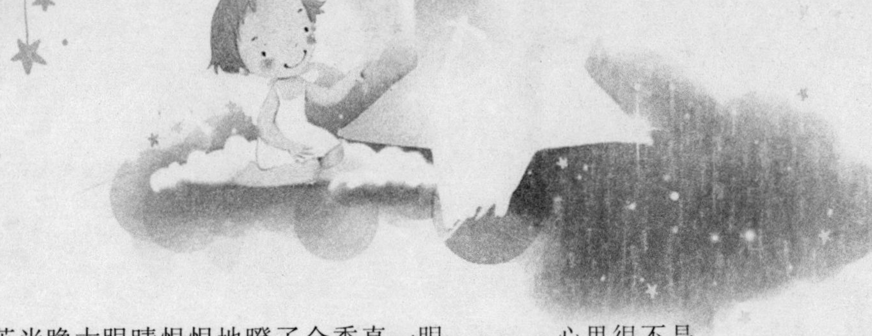

姜英尚睁大眼睛恨恨地瞪了金秀真一眼，－︵－心里很不是滋味。

“啊啊啊！>_<这个更帅！”她又惊叫道，“你快看！>﹏<快看！”

这有什么好看的，只是虚构的人物…x__x…构不成威胁的。他那样对自己说，不时地低头看着腕表，要不就用手指轻敲扶手，ˋ︿ˊ这是他第一次感到看电影的时间太长了。他所有不耐烦的举动，金秀真丝毫没有察觉。只见她一会儿笑，Y(^_^)Y一会儿尖叫，沉溺在对帅哥的幻想中。↖(^ω^)↗

整整两个小时，对姜英尚来说，仿佛过了一个世纪之久，他臭着一张脸走出电影院。

“如果现实中这些帅哥能出现就好了。”金秀真仍然在回味中，-.-现实中青蛙见多了，要是能把卡通片里的帅哥全挖出来，这世界会有多美好！~~~///(^v^)\\\~~~

“不好，￣○￣不好。”姜英尚立刻否定她的说法，“那只会让世界大乱。”语气里隐藏不住那一股酸劲.. \\/.

“- -||||| 歪理。”她没好气地大声嚷着，“0（>_<）0你瞧瞧大街上有哪个人比卡通片里的帅哥帅的？”

“有。”他断然道，*^_^*毫不害臊地指了指自己。

闻言，=_=她忍不住轻笑出声扯下他的手，假装没看到，四处张望：“帅哥，>o<在哪里，在哪里？”

他伸出手敲了一下她的头：“T ˆ T 你是故意的。”

“ˆ o ˆ 知道就好。”她调皮地对他吐了吐舌头。

“= =+ 你可不可以不要这样？”

“我怎么样啦？”她侧头浅笑望着他。@_@

她的笑容不知怎的令他感到愠怒：“>_<你觉得我说的话很好笑吗？”

“一0一没有啊。”她敛起笑容，觉得他这顿脾气发得有点莫名其妙。

“你给我听着！0（>_<）0 我不喜欢你跟其他男生靠那么近，0（>_<）0 我不喜欢你看别的男生，0（>_<）0 我不喜欢你的注意力不在我身上。”他一股脑儿把憋在心里良久的话全倒了出来。

她一怔，一直知道他是个情绪化的人，更是个吃醋狂，~ˆoˆ~ 若是现在不先安抚他，等一下他的拳头会有她好受的（虽然他从来没打过她，但她还是怕怕）。~~>_<~~

“你是不是想太多了，ˆ-ˆ 像我这样长得不怎么样的女孩，除了你之外，不会有其他人看得上眼的。”她把自己贬得一文不值。ˆ ˆ v

“ˆ o ˆ 这个不用你说，我也知道。”他对她的回答似乎感到相当满意。

呃……知道？…>_<…这算什么意思啊。

“总之--ˆoˆ--”他扳正她的身体，专注地注视着她，甚至有点深情款款。“－0 －以后你眼里心里都只能有我一个。…-.-…至于我……也会一样的。”他说了，在要求她允下承诺的同时，也要求了自己。

她动容地看着他，盈盈一笑：“SIR 扽ES.” \ˆoˆ/ 向他行了一个童军礼。

“是YES 扴IR.啊。╯-╰瞧你平时英语又不好好学。”

“喔，*@︿@* 原来是那样读啊。”她露出一副“我现在终于知道了”的滑稽样。

他啼笑皆非，捏了捏她的鼻子：“︶_︶这就是你20分的英语水平。”

虾米！::>_<::！他怎么知道她极度机密的英语成绩的。

“－_－ˆ你……你怎么知道的？”她发誓要掐死那个大嘴巴的人。

“你死党无意中告诉我的。”＞﹏＜

朴素妍！“哈哈，笑死人了。她只有10分的，⊙﹏⊙有什么脸来说我。”

“连10分也出现啦？*+﹏+*你们学校是比谁的成绩低吗？”

“…- -|||||…”

晚上回到家，金秀真把自己扔到床上，抽出在家休眠了一天

的手机，尽职地为崔娃娃汇报今天跟踪的结果。

当崔娃娃听到权正勋为了她学做蛋糕后，//(ㅜoㅜ)//当场哭得一塌糊涂，稀里哗啦。

谁说女人是水做的，╰_╯形容得太贴切了。

-____-″稍微把手机移到一边，金秀真打定主意任她哭到身体缺水为止。她躺在床上翻了个身，把脸埋进枕头里，睡意正浓，就那样…*@︿@*…不一会儿…π_π…呼呼…*@o@*…睡着了。

第十八章 他吃醋了

“叮当——叮当——叮当——”石破天惊的门铃声划破清晨的宁静。

蜷曲在床上的人儿在几次翻身拿被子、ˇ︿ˇ拿枕头捂住耳朵却徒劳无功之后，(一－一)这才心不甘情不愿地一个翻身坐起来，下床去开门。～ o ～

…>.<…杀千刀的…ˋ_ˊ…一大早扰人清梦…＋__＋…王八蛋……

金秀真拉开门正准备骂人：“真是该-->″<--”死字尚未出口，一 一+她却先被门外的人给吓呆了。

事实上，门外的姜浚一在看到屋里的情形后也呆了。⊙o⊙他比她高一个头，所以里面的情形在开门后就一览无遗。★˜★

一双浓眉凝重地蹙起，他本来还觉得有点残忍，ˇ︿ˇ但现在为了儿子的前途、家族企业的发展，他不得不狠下心肠来。

“那…˜w_w˜…个…>.<…那个，要进来吗？－_－ˆ”她挪了挪身子，想了很久都不知道该怎么称呼他才算合适。

“= =+ 不用了。”姜浚一摆摆手，冷然道，“我们就不要废话了。说吧，－_－要多少钱你才肯离开我儿子？”

嗯…- -|||||…这是哪一部肥皂剧啊？真是俗不可耐。

“－0－我不懂你意思。”她眉头一皱，明白了他今天来的目的。

“你和我儿子的事，-.-我已经知道了。”他瞅着她，郑重地声明，“→_→我是不会答应的。”

“*@︿@*那又如何？”她漫不经心地问，嘲讽地一笑，“^_^我们不在乎你的意见。”

“不在乎？”她的话令他铁青了脸，继续不留余地地说，“>”<我儿子的婚事一向由我做主，你们是不可能在一起的。”

她叉起腰一啐：“笑话！@(一-一)现在主张恋爱自由，婚姻自主。”

他气恼地涨红了脸：“我儿子已经有结婚对象了，>.<你识相的话还是离开吧！”

“＋﹏＋为什么？”她不懂他为什么要讨厌她。

“因为你配不上我儿子。”轻视的口气浓厚，姜浚一脸上只有傲慢。★~★

“哪一点配不上？”(+_+)？

“=@~@=穷。”很简洁的一个字，却是一个很有力的理由。

她嘴角微微扬起，半开玩笑半认真地说：“其实我很有钱的，@_@信吗？”

“一 一+这间破屋就是你有钱的象征？”他冷笑。若非考虑到利益的关系，他会很喜欢这个伶牙俐齿、聪明慧黠的丫头，只可惜现实残酷，商场竞争激烈，只能够靠攀龙附凤，牺牲自己儿子的终身幸福来保证家族企业的发展，正如他当初出卖了自己一样。

她笑了笑，>__<觉得跟眼前这位眼中只有 $$ 的中年男人没有共同语言。

“^_^ 我是不会离开他的。”该是结束这段无聊对话的时候了。“*∩_∩*我想你也是因为说不动姜英尚，^人^才会转来劝说我的吧。”她在转身关门的前一刻，对他说道，“$_$ 我也很喜欢钱，>o<可是我和你的观点不一样，我很清楚什么才是生命中最重要的。”↖(^ω^)↗

“砰”的一声，门被甩上。

什么才是生命中最重要的？-.-她的话一直萦绕在姜浚一的脑海里，久久挥之不去。

天气闷热得令人发慌 0(>_<)0，浑浑噩噩地过了两节英语 ABC。金秀真的手机传来了“紧急收尸”的信息，以“救人一命，胜造七级浮屠”为由，她光明正大地逃课了。^^v

去了一趟药店，买了一堆创可贴。└(^o^)┘她跑到附近不良少年聚集的街巷，根据池毅天的可靠信息显示，“尸体”就

在这里。=_=

突然前面窜出一伙人把她撞翻在地。T^T

她揉揉发痛的PP，站起来，掸了掸身上的灰尘：“靠，搞什么嘛，一群没礼貌的家伙，连对不起也不会说啊！”>_<

她下意识地向他们跑出来的巷子走进去，咦？￣○￣躺了一个人。

她俯下身子，眨眨眼，*^?^*仔细端详那人。

啊！找到了！*^◎^*

“你怎么会在这里？”姜英尚擦了擦嘴角溢出来的血迹，勉强从地上撑起身子，“是池毅天说的吧？”才问完就已经想到答案了。X__X

“嗯，\(╯-╰)/他特地叫我来收尸的！”她蹲下身子，扶起他，“你命还挺硬的嘛。”

“歹毒的女巫。-____-″我没死，真是让你失望了。”他没好气地说。

“知道就好，⊙__⊙所以下次记得要吸取教训。”她煞有介事地点头。

他突然笑了，不小心牵动痛处，又闷哼了一声。^_^

“O__O″要去医院吗？”她晶莹的眼眸此刻写满了对他的关心。刚从池毅天那里收到他受伤的信息时，她确实吓了一跳，还不断诅咒他们什么狗P兄弟啊，>"<没一个去帮忙。

跑遍了大街小巷，好不容易找到了他，*>__<* 她一颗忐忑不安的心才放了下来。

他噙血的唇扬起一抹邪笑：“去什么医院，*@ o @* 你不是很想我死吗？”

都什么时候了还跟她计较这种小事。“～ o ～我开玩笑的。”深怕他听不到，她使尽浑身力气冲他喊道，“>.<开玩笑的可不可以？”

“这还差不多。”他又笑了，`o` 再一次牵动痛处。

她白他一眼，Q_Q 这小子真是一个长不大的小孩。

“+__+先去我那里吧。”再这样拖拖拉拉下去，她不敢保证他会不会半路两脚一伸死掉了。

“嗯。”

夕阳的余晖把他们交叠的身影拉得很长很长…*+__+*…两人靠得好近好近……

于是一路上出现了以下对话——>__<

“`︿´金秀真，你的心能不能不跳啊，吵死人了。”

“神经啊，心不跳的话，x__x 我岂不是要死了。”

“那就叫它别跳那么快啊，慢一点，慢一点。”@_@

“>o<你先管好你自己的那个再说吧，跳得跟打雷一样。”

“不好意思，o_o 我听不到。”

“…T^T…”

啪！T_T

“喂，~~>_<~~ 你下手轻点。”抗议声从屋内传出。

“一点小痛也忍受不了，-_- 真没用。”啪！又一张创可贴，金秀真故意用力往他伤口一按。

“妈啊，//(ToT)// 我不要活了。”姜英尚痛得直叫，横她一眼，“女人，`︿´ 你是故意的。”

“-︿- 谁叫你活该。”手心触摸着他身上的新伤旧痕，她频频皱眉，忍不住好奇地问，“为什么去打架？”>﹏<

“你问这干吗？%>_<%”他啐道，随即又一阵疼痛。“哎哟，下手轻点会死啊... {{{(>_<)}}}...痛啊痛啊！认输了。”

“—0—快说。”瞧他哀叫的可怜表情，她稍微收回力道。

静默了数秒，他冷冷地回答：“>_< 因为心情不爽。”

这算哪门子的理由啊？—_—b

“= =+ 为什么心情不爽？”她又问。

又沉默了一下，他才淡淡地说：“因为我爸不肯接受你，﹏○﹏ 我很生气。”

“不接受就算了，我不介意。”

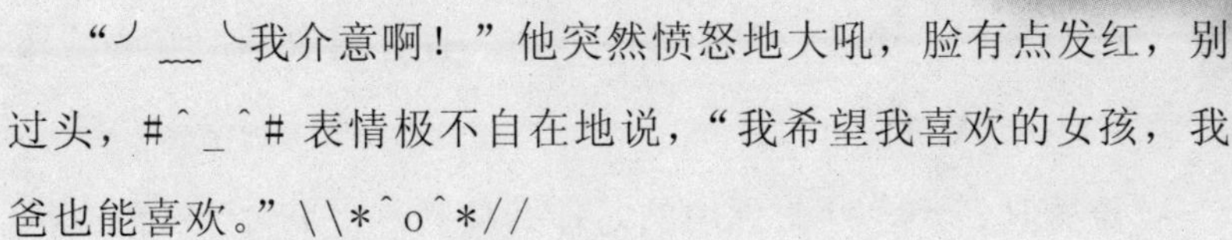

“╯﹏╰我介意啊！”他突然愤怒地大吼，脸有点发红，别过头，#^_^# 表情极不自在地说，“我希望我喜欢的女孩，我爸也能喜欢。”*^o^*//

…*@︿@*…这…T o T…这家伙怎么可以顶着那么帅的脸，说出那么帅的话，害她眼泪鼻涕都快要飙出来了。

“不能哭，╰_╯不许哭，不准哭。”

“>﹏<我哪有哭啊？”她只是想而已，又没真正哭出来。

“还说没有，⊙﹏⊙我都看见你嘴边的口水了。”他要起无聊的幽默感。

很冷的笑话！－－|||||

沉默了好一会儿，金秀真歪头想了一下，说：“喂，你以后别打架了。”－0－

姜英尚不以为然地扯扯唇：“就算我打了，ˇ︿ˇ只要我不带伤、不说，你也不会知道的。”

@(一－一)她思前想后认真地琢磨他这句话，想想也是对的。*@ o @* 于是不顾他的反驳，握起他的手，用彩色笔撬开他的手掌心，在上面画了一个红心。∩_∩

他奇怪地看她一眼，→_→又看了一下那个红心。

“这是什么东西？”(+_+)？

“〉﹏〈禁止打架的标记呀！”

“哼！ ~_~ 幼稚！”他嗤哼一声，打算用衣袖把红心给擦掉，谁知——⊙o⊙

“金秀真！ =@~@=！你用的是什么鸟笔，T^T 为什么怎么擦也擦不掉？”

她一听，鼻子得意地翘了起来：“听好了，Y(^_^)Y 这可不是什么鸟笔。这彩色笔啊，只要一涂在人身上，\^o^/ 一般方法是去不掉的，除非你做了剧烈运动才会慢慢褪色。”顿了一下，皮皮地冲他挤眼睛，“所以喔，^^v 你有没有动粗我只要一看这个就可以知道了。”

“.\\/.你这是在逼我揍人吗？”他怒道，十只手指头捏得嘎嘎响。

“0（>_<）0 不是不是。”她急忙否定，忽然脑海里闪过一个有趣的问题，“哦，>_<对了。你通常是揍坏人比较多呢还是好人？”@_@a

“★~★你连这个也要管？”他微眉头，彻底被她打败了。

“因、为、我、喜、欢。”她吐舌头。^◎^

-____- 他真的拿她没辙，没好气地瞪她：“鸡婆女人。”

“暴力男人。”她不客气地横他。—_—^

两人忍不住相视一笑。

他伸出画上红心的手揉乱她的头发，带着一点宠溺。

~~~^_^~~~

她的头发很细很软，~@^_^@~ 揉乱了轻轻一拨就可以回去了，根本不必刻意去打理。

他说：“如果我是发型师，一定要剪光你的头发。”

她丢给他一个大白眼，X__X 也不甘示弱地揉回去，非把他的头发弄得乱糟糟的才肯罢休。不过他的头发摸起来皱还蛮舒服的。

“喂，>__<一言为定，不可以再动粗喔！”她在他的头顶上拍了几下，“要乖乖喔 --^_^--！”

“一 一+ 你当我是狗吗？”他不高兴地拨开她的手。

“呵呵，我哪敢啊？”她笑得极其虚伪。⊙o⊙

“嗯…`_´…”他眼睛眯成一条线，还想说什么，却被她一把抓起面包塞到嘴里，堵住了。^o^y

他顺势咬了一口：“咦？-.- 不赖嘛，@_@ 这个很好吃。”慢慢嚼了起来，说话有点含糊不清。

“啊！”她突然发现不对劲的地方，叫了起来：“快吐出来！*.*这面包是我今晚的晚餐！”使出吃奶之力从他手上夺过面包。

“女人！-.- 你不只非常鸡婆还是个超级吝啬鬼！”他抬眸横她一眼，轻而易举地又抢过去啃掉。“还有，~ o ~吃这
~~~

些太没营养了，以后不准你再吃！”他又专制地对她下达了命令，但她知道，他每一句命令的背后都灌注了满腔的温柔。

她看看他，笑了，思索着她是不是也该为他们之间的事付出一些努力…└(ˆoˆ)┘…

第十九章 就这样过一生吗

下课期间，^_^ 教室内充满了吵吵闹闹的欢乐气氛。

朴素妍带了一些杂志回来独个儿在座位上享受⊙　⊙，尹香君则去了陈老太的办公室批改试卷 @_@，没有人来理她，金秀真实在无聊得很，跑到讲台前拿起遥控器打开了挂在角落的电视。

前一段时间，很流行电视教学^^v，于是他们亲爱的校长大人心血来潮也凑上一脚，￣○￣号召各班合资各买一台电视机作为课堂教学工具。—_—^

校长挺着一个大肚子，0（>_<）0 却一点也不大量，还很铁公鸡地每一个月都来勒取每个班的电费和电视机安置费，狠狠地敲诈了一笔。

对于校长的行为，大伙儿都只是敢怒而不敢言，要是谁有胆量得罪高高在上的校长，那么谁也别想毕业了。~~>_<~~

好，拉回正题吧。

最后电视机是买了，o_o 费用也交了，但事实证明在学习上一点也没有派上用场，反而被无聊的人用来打发时间。=_=

现在是早上 9 点，正在播放时事新闻。

“最新消息：三年前搬迁到美国的国内第一大家族金家，在凌晨时分突然放出要回国定居的消息…>o<…”

“噗！”金秀真一听， .\\/. 立刻将刚灌进口里的水全喷了出来 。

“这一消息放出后，即时轰动了整个企业界……据了解，金家长老这次回国是为了仍在国内读书的大女儿而决定的……”

“咚！”金秀真从椅子上掉了下来。

“…－0－…经过我们记者的多番努力，从各种渠道得到了金家大小姐的照片，现在就为大家放映。”

妈呀， = =+ 不要啊!!

金秀真心一急，动作就慌乱起来，想找遥控器关掉电视机，0（>_<）0 却怎么也找不到。

该死的遥控器，: : >_<: : 居然在这种时候闹失踪。

照片一放出，原本乱哄哄的教室瞬间变得安静。ＴｏＴ

金秀真躲在讲台里不敢出来，天啊，＞＿＜响个雷劈死她吧 。

“喂！ >_< 金秀真！那个是金秀真，对吧？”

一干同学尖叫着围了过来。

“哇噻， *@︿@* 金秀真原来你家那么有钱啊。真好！”

好？ ╰_╯ 好在哪？像猫头鹰见不得光一样躲起来，有虾米好的？

“就是嘛，+ ＿＿+ 一点也看不出来。”

看？要怎么看？难道要她在脸上刻着“我很有钱，快来打劫我”几个字吗？⊙__⊙

“有钱人居然还来这种烂学校读书，真是…→_→…啧啧啧！”

同学们的心态不一，有羡慕有嫉妒，说出来的话自然也有好有坏，但没一句是金秀真想听到的。..@_@|||||..

她气啊！>"<她家老头什么时候变得这么讲求效率了，她昨晚才打的越洋电话，他今天就带着一家大小回国定居。(+_+)?

“喂！*>__<*你们快来看看，外面有很多记者啊！”

此话一出，震惊四座，同学们同时转移了目光，⊙o⊙纷纷飞快地溜到窗前。

“^_^各位观众早上好，记者现在身后的建筑物，正是金家大小姐所就读的学校，现在我们来一起呼叫她出来吧。”∩__∩

窗外传来了响亮的呼喊。

“喂喂，^◎^金家大小姐金秀真听到吗？可不可以出来露个脸？”

不可以！不可以！金秀真在心里回答道，-.-趁此机会悄悄地逃出了教室。

“这不是金秀真吗？”

“没错没错，是金秀真没错。”>_<

“@ ︿ @ 刚刚那些记者不是在喊她名字吗？”

“没错没错，是喊她名字没错。”>_<

怎么搞的…@x@…一波未平一波又起，才刚踏出教室大门不久，就被其他在走廊上闲逛的同学认出来。0__0

“那我们还等什么，*>__<* 快，把她给抓住！”

“喂，★ ˜ ★别逃啊！”

“～ o ～围攻她！！大家上！！”

不是吧，一 一+她和他们可是无冤无仇呀！！ ˜˜>_<˜˜

蹲在厕所里，金秀真凄惨地捧着手机，拨了通电话。

“尚，T_T5555˜”她的声音听起来可怜兮兮的。

“ˆ_ˆ 怎么了？被鬼追了吗？”他揶揄道。

“555555˜ ＋__＋ ˜ 你怎么知道的，他们比鬼还可怕。”她夸张地说，还带着哭腔。

“那你想怎么样？”- . -

ˋ o ˋ “帮我。”

“怎么帮？”

“如果可以的话， >.<你去偷部摩托车来接我吧，我要尽快逃离这里。”

他扑哧一声，当她开玩笑：“别闹了，ˆ ω ˆ 我还要去上

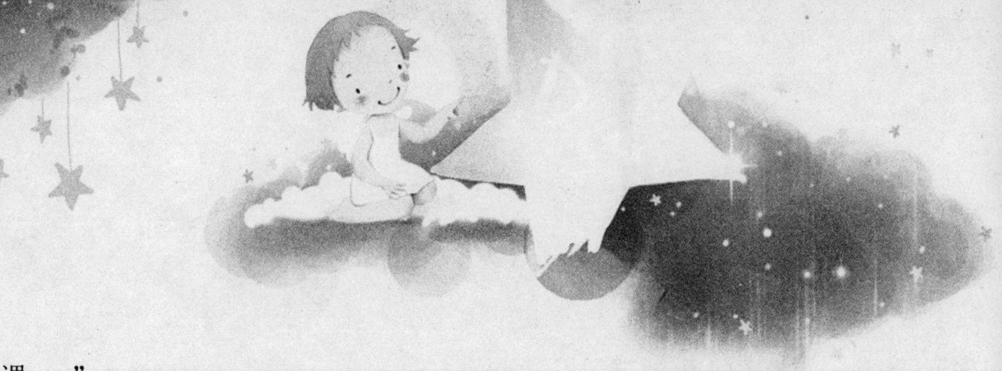

课。”

“O（>_<）O我没闹啊!!”她简要解释了一下，又叫道:“HELP ME!!”

电话那端，他沉吟一下:“原来你还有那样的家境啊， O O我居然一直被蒙在鼓里。”

“求求你，－_－ˆ不要挑这种时候跟我计较这种事。”

他考虑了一会儿:“－0－你想个办法逃到外面来，我现在就过去接你。”嘟……挂线了。

“有没有搞错，TˆT你好歹也先告诉我要怎样逃出去啊!”她对着手机愤愤地骂道。

又动手拨了另一个电话:“5555，朴素妍啊…>o<…嘿嘿，麻烦你啦!”

一见教学楼里有人走出来，>_<记者们带着各自的摄影师蜂拥而上。－_－#

“金小姐，－0－你为什么不去美国，你知道你家人回国了吗?”一个记者递上麦克风，身后的闪光灯刷刷刷地响个不停。@_@

“金小姐，ˆoˆ这次金家的人为了你回国定居是不是有什么特殊原因，能不能透露一下?”另一群跟上来抢新闻的记者也开

始丢问题。 ~~~^_^~~~

那人低着头，-.- 默默地往前走着。

“金小姐，@^_^@ 可不可以说说看你现在有什么打算？”

一堆麦克风往那人的嘴边凑，有几支还差点撞到她鼻子。

“咳，^◎^ 咳。”那人抬起头，“你们认错人了。”

*^o^*//

一伙人凑过头，认真地打量了她一番。

“真的喔，-.- 她不是金小姐。”

“那，*.* 金小姐人呢？”

那人好心地指给他们方向：“在你们后面。”∩_ _∩

叭!!叭!!!叭!!! ^@^

一辆摩托车以惊人的速度从众人中间穿过，只留下一片尘土。

过了一会儿，有记者回过神，惊叫道：“刚刚坐在后面的那个不就是金秀真吗？”

“是啊，>_<那么前面载她的人是谁？跟她有什么关系？”

“-____- 哎呀，可能可以挖到什么大新闻的！大家快，追上去看看。”

咻——

于是，一大群记者跟摄影师追着摩托车后跑，刹那间消失得

无影无踪。=_=

车速慢了下来，一停好，金秀真立刻跳下车，把安全帽摘下来，先是看了一下四周，发现记者们已离他们好远，她才放松了警惕。^^v

“╯__╰我感觉我现在像通缉犯。”她苦着脸，有感而发。

他低声笑：“^_^人怕出名猪怕壮。”

“>__<那我宁可去做一只红烧猪。”她重新坐在车上，拍了拍车头，“很漂亮的车喔，一定很贵了。你问谁借来的？”x__x

“借？@_@a我可没借啊。”他摇摇头，有趣地看着她，“你不是叫我去偷吗？”⊙o⊙

“★~★偷！！”她大叫，火烧屁股一样从车上跳下来。妈啊，@(一－一)他什么时候变得这么听她话了？“我开玩笑的啦，>.<怎么办啊，快把车还给人家啦！”她急得团团转，她可不想他因为她变成小偷。

他大笑着，搂她入怀：“^__^你的反应很逗人。”

她大力捶打他的胸膛：“都什么时候了，ˇ︿ˇ你还笑。”是不是要等到警察找上门了他才会知道害怕。

他握住她乱动的手贴在面颊上：“傻瓜，*@ο@*车是我的。

你想想看，我怎么可能会做出偷车这种蠢事。”

她果然认真地想了想，然后掐他的脸颊：“我发现我变笨了，Q_Q 我的智商一定是被你偷走了。”

“少抬举自己了， ～ o ～我对英语只有20分的怪胎的智商一点也不感兴趣。”这样都可以损她一记，算他狠。

“姜——英——尚——！”她气得哇哇大叫。

这时，两人的手机同时响起。 *>﹏<*

会是谁呢？(+_+)?他们同时想，又同时抽出手机，各自走到一旁。一 一+

“喂…^_^…”字才刚出口，电话彼端传来老头的爆吼：“你这个不肖女，╰_╯立刻给我滚回来。”

“死老头， >_<谁是你女儿来着，我和你早八百年前就没有关系了。”她立即毫不客气地吼回去。Y(^_^)Y

“喔？是吗？”老头的声音平静下来，他叹了一口气，“唉，*^◎^*也不知道昨晚是谁打来的电话，哭着求着要认回我这个老头子，还说只要我肯出面给她喜欢的男孩的爸爸一个下马威，就会什么都听我的。” \^o^/

“…－_－#…”太夸张了！她哪有哭着求着啊？顶多只是低声下气了一点点点点点点点…>o<…而已。

“唉！”又是一声长长的叹息，“女儿长大了，－0－不

中留了，什么丢脸的事都能干得出来。”

“喂喂，>_<我有干过什么丢脸的事吗？”

“└(^o^)┘怎么？终于肯承认你是我女儿了？”她几乎可以想像到老头奸计得逞的笑容。

“…T_T…”她欲哭无泪啊，恨自己那么容易就上当。

老头不知道又想到了什么，忽然说道：“^o^我要见他。”

“哪个他啊？”-_-

“^v^就是那个开摩托车的。”

“=_=哪个开摩托车的？”这臭老头说话怎么总说一半，谁会懂啊。

“T^T我怎么会有你那么笨的女儿？”他居然怪起她来。

“>o<就是因为有个笨老爸才会生出个笨女儿。”她不冷不热地回应。

“不肖女，0（>_<）0回到家后，看我怎么剥了你的皮。”老头又吼了起来，“我现在马上要见他。”︶○︶

“-.-他究竟是哪个他？”说了老半天，她还是不知道那个他是指谁。

“>_<就是开摩托车载你走的那个。”

“︶_︶你怎么知道的？”她左看看右望望，开始怀疑这老头是不是在她身上装了监视器。

“你不用四处看了。-︵-人家逃课你也逃课，你怎么就逃得如此惊天动地，都上电视了。”

“╰_╯你有什么脸来说我，还不都是你害的。”老爸出名，连带女儿也要沾“光”。

“咳咳，x__x 这个问题我们以后再讨论。”老头以咳嗽掩饰，又再一次声明，“>__<我要见他。”

“>″<我不给。”她想也没想就拒绝。

“一　一+ 你不给？！”老头尖声叫道，“我就是要见他。”..@_@||||..

“～　o　～我就是不给。”

“⊙o⊙我就偏要见他。”老头很坚持。

“我就偏不给。”她也很坚决地拒绝。

…一_一b…

这边争议不下，另一头……

“儿子，>_<她在你身边吗？”姜浚一问。

“一_一嗯。”姜英尚应了一声，他很清楚老爸说的她是指谁（这和金秀真的理解能力实在相差太远了）。

那边过了很久才传来声音：“－0－带她回来见我吧！”

他大感意外，正想问为什么，姜浚一抢先一步接着说：“-.-她老爸把名下的百分之五十的产业转了给我。”

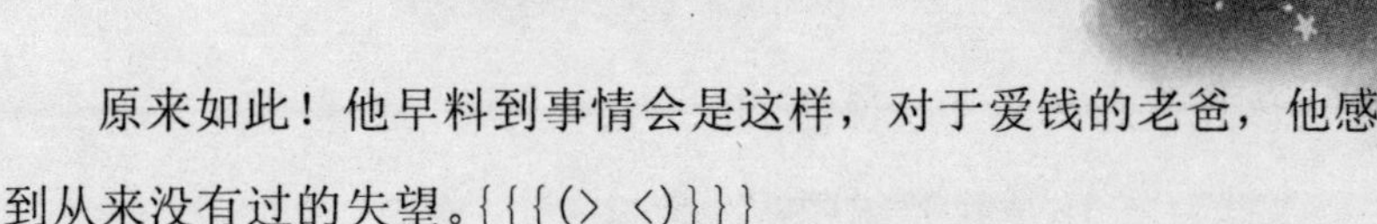

原来如此！他早料到事情会是这样，对于爱钱的老爸，他感到从来没有过的失望。{{{(>_<)}}}

“我知道了，-︵-你要跟我说的就是这些？”

“>_<不是。”姜浚一顿了一下，又说，“我并没有要那些产业。”

他傻眼了，老爸居然有钱不要？+__+

“因为--→_→--”又是一阵沉默，“我现在终于知道我生命中最重要的是——>__<”姜浚一有点难为情地说，“儿子的幸福。”嘟——电话挂了。*>.<*

“爸——Q_Q——”久久才回过神的他，眼里闪动着泪光。

多少恨、多少怨，就在这一刻让它们化成泡沫吧……未来，路还很长。^_^o ~~~

同一时间动作一致地挂掉电话，他们俩又走回原地。

“那个…o_o…老头…o_o…”

“那个…@_@…老爸…@_@…”

静——－_－b

“－0－你先说吧。”

“>_<你先说吧。”

该死，怎么又一起说话了。- -|||||

“=　=+ 还是我先说吧。”

“￣○￣还是你先说吧。”

扑哧一声，他们笑了，又情不自禁地异口同声道：“我爸要见你。”↖(^ω^)↗

两个不同的声音，说出来的是同一句话。

“哈哈哈…^_^…”他们为彼此的默契又大笑了一番。

他揽着她的肩膀，径直往放摩托车的地方走去。

“你爸很疼你。”~~~///(^v^)\\\~~~

她挑眉：“-.- 怎么说？”

“为了你可以得到幸福，*^o^* 他把名下百分之五十的产业转给了我爸。”

她愣了一下，头枕在他的胸膛上，露出一丝苦笑：“*.* 他在赎罪。”

“怎么说？”这次换他问。

“三年前，家族企业资金周转不灵，╯﹏╰他在一夜间带着整个家族搬迁到美国。”她吐出一口气，慢慢地说，“唯独遗漏了我。”\(╯-╰)/

他不知道自己可以对她说些什么，只能轻柔地抚着她的头发，陪她一起感受着当时的痛苦。

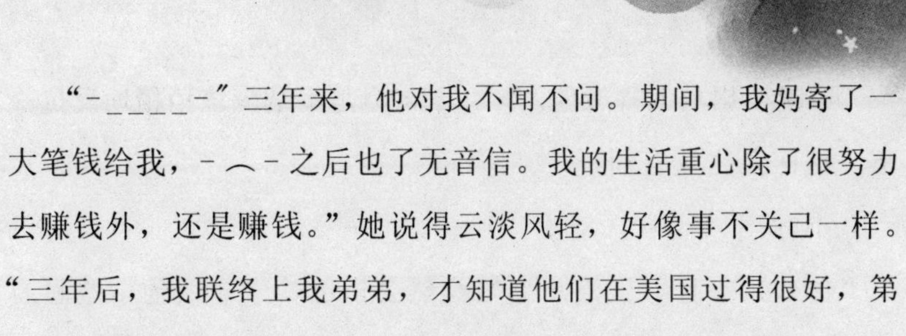

“-____-″三年来，他对我不闻不问。期间，我妈寄了一大笔钱给我，-︵-之后也了无音信。我的生活重心除了很努力去赚钱外，还是赚钱。”她说得云淡风轻，好像事不关己一样。“三年后，我联络上我弟弟，才知道他们在美国过得很好，第一家族还是那个第一家族，只是里头已经没有了我的影子。”

“那，x__x 你恨他吗？”他问，正如他当初恨他老爸负他妈一样恨吗？

“不知道。”她垂下眼帘，摇摇头，“＞＿＜应该不吧。”再次抬起头，她俏皮地眨眨眼，“就是因为他当初扔下我，我才能遇到你啊。不是吗？”→_→

“^_^ 是是是，遇到我，真是你莫大的幸运。”他轻点她的鼻尖，语气满是怜惜。

“你怎么能这样说？>″<”她噘起嘴表示她的不满。

他不如她，真的不如！同样有着相似的遭遇，她却比他有勇气多了。*@ o @*

“⊙o⊙我们订婚吧！”他收起玩世不恭的神情，专注地凝视着她。

“～ o ～你说什么？”她假装没听到，一股喜悦止不住窜上心头。

看着她满脸的不自在，他说：“我说，我们订婚吧！”

虽说很想马上答应他，*^__^*但是不是应该稍稍地反抗一下，这样会比较有面子一点呢？

“不行。”@（一－一）

“什么！不行？”没想到她竟然会拒绝，ˇ︿ˇ他微蹙起眉头，“该死的，~w_w~你最好能给我一个可以说服我的理由。”

“干吗那么凶？”她一脸无辜，“谁叫你一直没对人家说那三个字。”只要是女人都会想听到那三个字。^︵^

“啊！｀_´什么三个字？”他在气头上，脑袋暂时宣告罢工。

这个猪头！她气愤地用力推开他：“想不到，+__+就别来找我。”

“可恶。~>_<~你不说，我怎么知道是哪三个字？”他在后面追着她。

“-.-滚开！”

“求求你，快告诉我是哪三个字吧？”Q_Q

至于最后的结果会是如何呢？

“我爱你”这三个字，金秀真是否有机会听得到？

这个嘛……就要问他们了……^_^o ~~~

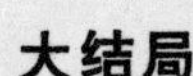

大结局

NNNNNNNN 年后…-_-…

女人在储物室里找到一个很漂亮的相薄，翻开一看发出一串银铃般的笑声。*^____^*

坐在客厅里看新闻的男人，o_o 按捺不住好奇心，轻轻地走了进来，从后头环抱住她。

“有什么好笑的？”=^_^=

“↖(^ω^)↗你看！”女人献宝似的把相薄递给男人，“这是我小时候的照片，*^^*很可爱喔！”

男人被女人的快乐感染了，∩__∩笑着接过相薄。

“哪个是你？”

“这个啊，>__<最可爱的那个。”女人指着相片中一个穿着蕾丝裙的小女孩。男人凑头一看，→_→呆住了。..@_@|||||..

“怎么了，是不是太可爱，所以把你给吓傻了。”(^_^)?

男人瞥了她一眼：“一 一+这个真的是你吗？”问得极呆。

“怎么？>"<不像吗？”女人作势生气地叉着腰。

“～ o ～不是。”男人连忙安抚她，目光像烛光一样在闪烁，“老婆，*^__^*我今天有没有说过我很爱你？”

“有啊。”女人扬起幸福的笑意，转过身紧紧地回搂他。“你每一个眼神，每一下心跳…^_^o ~~~…每一个拥抱，都我感

受到你对我的爱。正如我对你的一样。对吧？”^^v

“嗯。”男人简洁地回答，低下头，迅速封住女人的红唇。0（>_<）0

……那个小女孩啊…Y(^_^)Y…原来她一直陪伴着他，走过一段又一段的人生。